Vente des Lundi 2 et Mardi 3 décembre 1907

HOTEL DROUOT

Bibliothèque de M. Louis Péricaud

OUVRAGES

SUR LE THÉATRE

DEUXIÈME PARTIE

Législation. — Histoire du Théâtre. — Dramaturgie. — Facéties. Satires. — Romans et Fictions — Ancien Théâtre. — Auteurs classiques anciens et modernes. — Recueils de pièces de théâtre. — Revues. — Théâtre Burlesque. — Pantomimes. — Parades. — Parodies — Théâtre des Funambules. — Théâtres de Paris. — Ouvrages sur Paris, etc., etc.

PARIS

Librairie E. JOREL

3, Rue Bonaparte, 3

1907

Grande Imprimerie du Centre. — Herbin, Mont. [illegible]

ORDRE DES VACATIONS

PREMIÈRE VACATION

Lundi 2 Décembre 1907.

Législation. — Histoire du Théâtre. — Ouvrages pour et contre le Théâtre. — Dramaturgie. — Critique. — Art du Comédien. — Critique des pièces. — Facéties. — Satires. — Etudes. — Souvenirs. — Physiologies. — Romans et fictions sur le Théâtre. — Ancien Théâtre. — Auteurs classiques. — Spectacles de la Cour.... .... Nos 334 à 702.

DEUXIÈME VACATION

Mardi 3 Décembre 1907.

Œuvres et pièces de théâtre, d'auteurs anciens et modernes. — Recueils et pièces de théâtre, d'auteurs anciens et modernes. — Recueils et pièces de théâtre des XVIIIe et XIXe siècles. — Théâtre Révolutionnaire. — Sur Napoléon. — La Restauration. — Répertoire des Théâtres de Paris. — Recueils de pièces. — Revues de fin d'année. — Théâtre de Famille, de la Jeunesse, de Salon. — Théâtre Burlesque. — Pantomimes. — Parades. — Parodies. — Théâtre des Funambules. — Ouvrages sur Paris. — Théâtres de Paris, etc., etc .... Nos 703 à 1028

CATALOGUE

DE LA

Bibliothèque de M. Louis Péricaud

LIVRES SUR LE THÉATRE

Ouvrages de Littérature et d'Histoire

La Vente aura lieu

les lundi 2 et mardi 3 Décembre 1907

à deux heures précises

HOTEL DROUOT, SALLE N° 9

Par le Ministère de Me **Maurice DELESTRE**, Commissaire-Priseur

5, Rue Saint-Georges, 5

Assisté de **M. E. JOREL**, Libraire

Successeur de **M. L. SAPIN**

3, Rue Bonaparte, 3

Voir l'ordre des Vaccations à la fin du Catalogue.

CONDITIONS DE LA VENTE

La vente se fait au comptant.

Les acquéreurs paieront 10 pour cent en sus du prix d'adjudication.

Les livres vendus devront être collationnés dans les vingt-quatre heures de l'adjudication. Passé ce délai ils ne seront repris pour aucune cause.

M. E. JOREL se réserve la faculté dans l'intérêt de la vente de réunir ou de diviser les numéros du Catalogue. Il remplira les commissions qu'on voudra bien lui confier.

Vente des Lundi 2 et Mardi 3 décembre 1907

HOTEL DROUOT

Bibliothèque de M. Louis Péricaud

OUVRAGES

SUR LE THÉATRE

DEUXIÈME PARTIE

Législation. — Histoire du Théâtre. — Dramaturgie. — Facéties Satires. — Romans et Fictions — Ancien Théâtre. — Auteurs classiques anciens et modernes. — Recueils de pièces de théâtre. — Revues. — Théâtre Burlesque. — Pantomimes. — Parades. — Parodies — Théâtre des Funambules. — Théâtres de Paris. — Ouvrages sur Paris, etc., etc

PARIS

Librairie E. JOREL

3, Rue Bonaparte, 3

—

1907

CATALOGUE

DE LA

BIBLIOTHÈQUE THÉATRALE

de M. Louis PÉRICAUD

DEUXIÈME PARTIE

Législation, Administration, Censure

334. **De la Réformation du théâtre**, par Louis *Riccoboni. S. l.*, 1743, in-12, rel. v. f.

335. **Mémoire** pour le **Sieur Gaudon**, entrepreneur de spectacles sur les boulevards de Paris, contre le sieur *Jean Ramponeau*, ci-devant cabaretier à la *Courtille. Impr. L. Cellot*, 1760. 20 pp. in-4.

— **Mémoire** pour *Jean Ramponeau*, ci-devant cabaretier à la *Courtille*, contre *Gaudon*, bâteleur sur le Boulevard. 8 pp. in-4.

Ensemble 2 brochures. (Rares).

336. **Règlement pour les Comédiens françois ordinaires du Roi**. *Paris, P. de Lormel*, 1766, in-8, cart (rare).

337. **La Mimographe**, ou idée d'une honnête femme pour la réformation du Théâtre national (par Rétif de la Bretonne). *Amsterdam, Changuion*, 1770, in-8, veau.

338. **La Mimographe**, ou idées d'une honnête femme pour la réformation du Théâtre national (par *Rétif de la Bretonne*). *Amsterdam*. 1770, in-8, dem.-veau, mouill.

339. **De la liberté** du théâtre en France, par M. J. de Chénier, 1789. — Sur la liberté du théâtre, par L. Mellin de Grandmaison, 1790. — Discours sur la liberté des théâtres, par Laharpe, 1790. 3 brochures en un vol. in-8, dem.-perc., non rog.

340. **De l'Organisation des spectacles de Paris**, ou essai sur leur forme actuelle, sur les moyens de l'améliorer (par Framery). *Paris, Dubuisson*, 1790, in-8, dérel.

341. **Factum pour les acteurs**. Suite de 3 pièces en un vol. in-4, dem.-maroq. bleu. Chiffre et couronne au dos.

1° Arrest de Momus qui ordonne la suppression d'un écrit qui a pour titre : Manifeste de Mlle Lemaure, pour faire part au public de ses sentiments sur l'Opéra. s. d. 2° Mémoire à consulter et consultation pour le sieur Lonvay Delasaussaye, contre la troupe des Comédiens françois ordinaires du Roy, etc., etc.

342. **Plan d'une organisation** générale de tous les théâtres de l'Empire, par M. *Fay*. *Paris, Bailleul*, 1813, in-8, dem.-rel., tr. r.

343. **De l'Anarchie théâtrale**, ou de la nécessité de remettre en vigueur les lois et règlements relatifs aux différents genres de spectacles de Paris (par Hapdé) Paris, Dentu, 1814. — Lettre sur les Théâtres à M. le Vte de La Rochefoucauld. *Paris, Duvernois*, 1825; ensemble 2 vol. in-8, rel. et cart.

344. **Les Théâtres**. Lois, règlements, instructions, salles de spectacles, droits d'auteur, etc. *Paris, Eymery*, 1817, in 8, dem.-rel. toile.

On a ajouté : l'Innocence reconnue, ou preuves de la bonté du cœur, etc., de M. Geoffroy. *Paris*, an XI. Portr.

345. **Les Théâtres**. Lois, règlements, instructions. Salles de spectacles, droit d'auteur, etc., par M. Grille. *Paris, Eymery*, 1817, in-8, cart. non rog.

346. **Tontine théâtrale**, ou caisse des pensions de retraites. Projet par J. Hapdé. *Paris*, 1819, br. in-8, cart.

347. **Mémoire pour Pierre Victor**, contre M. le Baron *Taylor*, commissaire royal près le Théâtre français, contenant des considérations sur l'état actuel du Théâtre français. *Paris*, 1837, in-8, cart. br. à coins, n rog., couv. cons.

348. **Réunion** de 3 brochures in-8.

Considérations sur l'Art dramatique et les Comédiens. *Versailles, Sallior*, 1828. — Lettre sur les théâtres à M. le Vte de Larochefoucauld. *Paris, Duvernois*, 1825. — De la décadence de l'Art dramatique, de ses causes et des moyens d'y remédier. *Paris, Dentu*, 1849.

349. **Réunion** de 4 ouvrages, in-8 br.

Coup d'œil sur les théâtres du royaume, par M. A. *Saint-Romain*. 1831. — *Recherches* sur les causes de la décadence des théâtres et de l'art dramatique en France, par *J.-P. Vallier*. 1841. — La question théâtrale, par un Comédien de province; s. d. — Question de la liberté des théâtres. Rapport rédigé par M. A. Pougin, 1878.

350. **Recherches** sur la cause de la décadence des théâtres et de l'art dramatique en France, par *J. P. Vallier*. *Paris, Appert*, 1841, in-8, dem.-v. vert.

351. **Rapport** au Ministre de l'Intérieur par la Commission du Conservatoire de musique et de déclamation sur les modifications à introduire dans le régime de cet établissement. 1848, in-4 br.

352. **Enquête et documents** officiels sur les *Théâtres*. *Paris, Impr. Nationale*, 1849, in-4 br.

353. **Projet** d'une organisation nouvelle du Théâtre en France, par Hipp. Leroy. *Paris*, 1849, br. — **Projet de fondation** d'un théâtre nouveau, par la Société instituée à Paris pour l'amélioration du théâtre en France. *Paris, Parent*, 1874. Ensemble 2 brochures in-8.

354. **Organisation** des Théâtres de la Province en France. La ville de Paris exceptée. *Paris, M. Lévy*, 1850, in-12, dem.-bas.

355. **Traité de la Police administrative** des théâtres de la ville de Paris, par M. *Simonet. Paris, G. Thorel*, 1850, in-8, d.-rel. bas.

356. **Rapport** sur le projet de loi concernant les théâtres. Conseil d'Etat, mars 1850, in-4.

357. **Traité** de la législation et de la jurisprudence des théâtres, par *A. Lacan* et *Charles Paulmier. Paris, Durand*, 1853, 2 vol. in-8, d.-rel.

358. **Code manuel** des artistes dramatiques et des artistes musiciens, par Em. Agnel. *Paris, Gennequin*, s. d., in-12 br.

359. **Le Théâtre** d'aujourd'hui, par *A. Muriel. Paris, M. Lévy*, 1855, in-18, cart. br., non rog.

360. **Mémoire à consulter** sur l'état général des théâtres en Province et sur celui de Bordeaux en particulier, moyens à employer pour apporter un remède efficace à leur situation fâcheuse ; in-8, cart. (extrait).

361. **Réunion** de 3 vol in-8 et in-12 br.

Histoire de la censure théâtrale en France. par *V. Hallays-Dabot Paris, Dentu*, 1862. — La Censure sous le Premier Empire, avec documents inédits par *H. Welschinger. Paris, Charavay*, 1882. — La Censure sous Napoléon III, préface de *E. de Goncourt. Paris, Savine*, 1892.

362. **Code du théâtre.** Lois, règlements, usages, jurisprudence, par Ch. Lesenne. Paris, Tresse, 1878. — Code pratique du théâtre, par André Hesse. *Paris, Stock*, 1903. Ensemble 2 vol. in-12 br.

363. **Caisse spéciale** de pensions de retraite du Théâtre national de l'Opéra. Règlement des 14 mai 1856 et 15 octobre 1879. *Paris, Imp. Nationale*, 1879, cart. dos et coins de perc., non rog.

364. **Le Droit privé du théâtre**, ou rapports des directeurs avec les auteurs, les acteurs et le public, par Joseph Astruc. *Paris, Stock*, 1897, in-8, dem.-rel. veau bl.

365. **La liberté** du théâtre en France et à l'Etranger. Histoire, fonctionnement et discussion de la Censure dramatique. *Paris, Dujarric*, 1902, in-8 br.

366 **Tribunal civil** de la Seine. Plaidoirie et réplique de Mᵉ Poincaré, avocat pour la Société des auteurs et compositeurs dramatiques Conclusions de M. Boulloche, substitut. Jugements. *Paris, Morris*, 1906, in-8 br.

Histoire du Théâtre

367. **Idée des spectacles** anciens et nouveaux, cirques, amphithéâtres, théâtres, naumachies, triomphes des anciens, comédie, bal, mascarades, etc. (par Michel de Pure). *Paris, Michel Brunet*, 1668, in-12, v. br., un peu usagé (rare).

368. **Recherches** sur les théâtres de France, depuis l'année onze cens soixante un jusques à présent, par M. *de Beauchamps. Paris, Prault*, 1735, in-4, veau ant., tr r., lég. mouill.

369. **Recherches sur les Théâtres** de France depuis l'année onze cens soixante et un jusqu'à ce jour, par M. de Beauchamp. *Paris, Prault*, 1735, 3 vol. in-18, veau.

370 **Les Parodies du nouveau théâtre italien**, ou recueil des Parodies représentées sur le théâtre de l'Hôtel de Bourgogne par les comédiens Italiens ordinaires du Roy, avec les airs gravés. *Paris, Briasson*, 1738, 4 vol. in-12, veau.

371. **Mémoires** pour servir à l'Histoire des Spectacles de la Foire par un Acteur Forain (*par les frères Parfaict*). *Paris, Briasson*, 1743, 2 vol. in-12, front. gravé, veau marb.

372. **Tablettes Dramatiques**, contenant l'abrégé de l'histoire du Théâtre François, l'établissement des théâtres de Paris, un dictionnaire des pièces, et l'abrégé de l'histoire des auteurs et des acteurs, dédiées à S. A. S. le Duc d'Orléans par M. le Chevalier de *Mouhy. Paris, Jorry*. 1752, in-12, veau fauve, tr. dor (rel. usag).

373. **Recherches historiques** et critiques sur quelques anciens spectacles, sur les Mimes et sur les Pantomimes, avec des notes (*par Boullanger de Riveri*). *Paris, Mérigot*, 1752, in-18, dem.-perc. rouge, tr. marb.

374. **Histoire** de l'ancien Théâtre Italien, depuis son origine en France jusqu'à sa suppression en 1697 (*par les frères Parfaict*). *Paris, Lambert*, 1753, petit in-8, veau marb.

375. **Histoire du Théâtre Français**, depuis son origine jusqu'à présent, avec la vie des plus célèbres Poëtes Dramatiques, un catalogue exact de leurs pièces, et des notes historiques et critiques (*par les frères Parfaict*). *Paris, G. Le Mercier*, 1745, 15 vol. in-12, veau ant.

376 **Dictionnaire** des Théâtres de Paris contenant toutes les pièces qui ont été représentées jusqu'à présent sur les différents théâtres français. .. des faits et anecdotes sur les auteurs et les principaux acteurs, actrices, etc. (par les frères Parfaict et Godin d'Abguerde). *Paris*, 1756, 7 vol. in-12. v. marb.

377. **Histoire du Théâtre** de l'Académie royale de *Musique en France* depuis son établissement jusqu'à présent, seconde édition, corrigée et augmentée des Pièces qui ont été représentées sur le théâtre de l'Opéra par les musiciens Italiens, depuis le premier août 1752 jusqu'à leur départ en 1754, avec un extrait de ces pièces et des écrits qui ont paru à ce sujet, publiée par Duret de Noinville. *Paris, Duchesne*, 1757. 2 tomes en 1 vol. in-8, veau br.

378 **Dictionnaire portatif**, historique et littéraire des Théâtres, contenant l'origine des différents théâtres de Paris, par M. de *Leris. Paris. Jombert*, 1763, un vol. en 2 tomes in-8, veau

379. **Histoire de l'Opéra Bouffon**, contenant les jugements de toutes les pièces qui ont paru depuis sa naissance jusqu'à ce jour, pour servir à l'histoire des Théâtres de Paris, par Contant d'Orville frères. *Paris, Grange*, 1768 ; 2 tomes en 1 vol. in-18 dem.-bas.

380. **De l'Art du Théâtre en général** où il est parlé des Spectacles de l'Europe, de ce qui concerne la Comédie ancienne et nouvelle, la Tragédie, la Pastorale-Dramatique, la Parodie, l'Opéra sérieux, l'Opéra-Bouffon, la Comédie-Mêlée d'ariettes, etc. (par Nougaret), avec l'histoire philosophique de la Musique, et des observations sur ses différens genres reçus au théâtre. *Paris, Cailleau*, 1769, 2 vol. in-18, veau br. ; ex-libris.

381. **Anecdotes dramatiques**, contenant : 1° Toutes les pièces de Théâtre, Tragédies, Comédies, Pastorales. Drames, etc. 2° Tous les Ouvrages Dramatiques qui ont été représentés sur aucun théâtre, mais qui ont été imprimés ou conservés en manuscrit dans quelques bibliothèques. 3° Un recueil de tout ce qu'on a pu rassembler d'anecdotes imprimées, manuscrites, verbales. connues ou peu connues, etc. *Paris, Vve Duchesne*, 1775, 3 vol. in-8 cart., dos et coins de perc.

382. **Dictionnaire Dramatique**, contenant l'histoire des théâtres, des règles du genre dramatique. des observations des Maîtres les plus célèbres. et des réflexions nouvelles sur les spectacles, sur le génie et la conduite de tous les genres, avec les notices des meilleures Pièces, le catalogue de tous les drames, et ceux des auteurs dramatiques, par l'Abbé *De La Porte* et *Chamfort*. *Paris, Lacombe*, 1776, 3 vol. in-8. veau marb.

383. **Les Trois Théâtres de Paris** ou abrégé historique de l'établissement de la Comédie Française, de la Comédie Italienne et de l'Opéra. par M. Des Essarts (Nicolas Lemoyne). *Paris, Lacombe*, 1777. in-8 br.

384. **Les Trois Théâtres de Paris** ou abrégé historique de l'établissement de la Comédie Française, de la Comédie Italienne et de l'Opéra, par M. des Essarts. *Paris, Lacombe*, 1777, in-8, veau ant

385. **Bachaumont**. Mémoires secrets pour servir à l'histoire de la république des lettres en France. depuis 1762 jusqu'à nos jours. ou journal d'un observateur, etc. *Londres, Adamson*, 1777 à 1786. 36 tomes en 18 vol. in-12 dem.-rel. bas.

386. **Etat actuel de la musique du Roi** et des trois spectacles de Paris, 1767-1778, 8 volumes in-24 et in-16, maroq. r., dos orné, fil., tr. dor. et veau antiq. Ouvrage rare et recherché.

Les années 1768, 1769. 1773. 1774. 1777 sont rel. en mar. r. Les années 1776-1770-1778 en v. ant L'année 1768 a les figures coloriées, le titre manque.

387. **Etat actuel de la musique du Roi**. 2 vol. in-24, rel. veau.

Années 1770 et 1772, des plus rares.

388. **Histoire Universelle des Théâtres** depuis Thespis jusqu'à nos jours. par une Société de Gens de Lettres, Desfontaines, Coupé, Lefuel de Méricourt. etc. *Paris*, 1779, 12 vol. in-8, fig., bas. rac (le tome 13 et dernier manque).

389. **Histoire Universelle des Théâtres** de toutes les nations, depuis Thespis jusqu'à nos jours, par une Société des Gens de Lettres (Desfontaines, Coupé, Lefuel de Méricourt). *Paris*, 1779. 13 vol. (25 parties sur 26), in-8, fig., veau marbr.

390. **Abrégé de l'Histoire du Théâtre François**, depuis son origine jusqu'au premier Juin de l'année 1780, précédé du dictionnaire de toutes les pièces de Théâtre jouées et imprimées, etc., etc., par le chevalier de *Mouhy*. *Paris*, 1780, 3 vol in-8, portr., veau, tr. roug. Le tome 4e manque.

391. **Annales du Théâtre Italien**, depuis son origine jusqu'à ce jour, dédiées au roi par M. D'Origny, conseiller en la cour des Monnaies. *Paris, Duchesne*, 1788, 3 vol. in-8 br., couv. fact.

392. **L'Opinion du parterre** ou censures des acteurs, auteurs et spectateurs du Théâtre Français. *Paris*, 1803-1813, 10 vol in-18, cart non rogn. (le tome Ier est court de marges).

Collection complète publiée par *Lemazurier* (rare).

393. **Histoire de l'établissement** des Théâtres en France avec l'état de dix ans en dix ans, depuis 1690 jusqu'à ce moment, des acteurs qui ont paru sur le Théâtre Français, etc. (par Lepan) *Paris, Frechet*, 1807, in-18, cart. non rog.

394 **The Dramatic Mirror** containing the History of stage from, the earliest period to the present time ; including a biographical and critical account of all. **The dramatic** writers from 1660, and also of the most distinguished performers from the days of Shakspeare to 1807. etc. embellished with seventeen elegant engravings by *Thomas Gilliland. London, C. Chapple*, 1808, 2 vol. in-12, portr. dem.-veau à coins, rel. de l'époque.

395. **Annales dramatiques** ou **Dictionnaire général** des Théâtres, contenant l'analyse de tous les ouvrages dramatiques : tragédie, comédie, drame, etc., les règles et observations des grands maitres, les notices sur les auteurs, compositeurs, acteurs, actrices, etc., etc., par une société de gens de lettres par Babault Ménégault et autres). *Paris, Babault*, 1808, 9 vol. in-8, dem.-rel.

396. **Recherches historiques**, bibliographiques, critiques et littéraires sur le théâtre de Valenciennes, par G. A. J. (Hecart) *Paris, Hecart*, 1816, in-8, port., broch.

397. **L'Indicateur des spectacles de Paris**, des départements de la France et des principales villes étrangères, concernant tout ce qui est relatif au personnel, aux travaux de tous les théâtres de France et d'Etranger, etc. Paris, 1820. 4 vol. in-12, cart. et broch.

398 **Histoire critique** des théâtres de Paris pendant 1821, pièces nouvelles, reprises, débuts, rentrées, etc., etc., par MM*** et***... (Châlons d'Argé et Raguenau). *Paris, Lelong*, 1822, in-8 br.

399. **Histoire du Théâtre** à quatre sous, pour faire suite à l'histoire du Théâtre français, (par *Jules Janin*). *Paris, Gosselin*, 1833, 2 vol. in-12 front., dem.-perc. verte, tr. marb.

400. **Debureau.** Histoire du Théâtre Français, par Jules Janin. Bruxelles, 1836, petit in-18, br. couv. impr.

401. **Histoire** des Petits Théâtres de Paris depuis leur origine, par M. Brazier. *Paris, Allardin*, 1838, 2 tom. en un vol. in-18, dem.-rel (mouill.)

402. **Théâtre Français** au Moyen-Age, publié d'après les manuscrits de la Bibliothèque du Roi, par MM. L. J. N. Mommerqué et Francisque Michel. *Paris, Delloye*, 1839, in-4, br., dos cass.

403. **Physiologie** du Théâtre par H. *Auger. Paris, Didot.* 1840 3 vol. in-8, br.

404. **Epoque** de l'Histoire de France en rapport avec le Théâtre Français dès la formation de la langue jusqu'à la Renaissance par Onésime Leroy. *Paris, Hachette*, 1843, in-8, dem -rel. (couv. cons.)

405. **Histoire** comparée du Théâtre et des mœurs en France dès la formation de la langue, par *Onésime Leroy. Paris. Hachette*, 1844, in-8, cart., non rog. (couv. cous.). Envoi d'auteur signé à *Provost* de la Comédie Française.

406. **Théâtre Historique**, notice biographique et curieuse. *Paris, Gallet*, 1847, in-8, cart., non rog.

407. **Pierre Gringoire**, extrait d'études sur le théâtre en Lorraine, par Henri Lepage. *Nancy*, 1849, in-8, dem -rel., tr. roug.

408. **Histoire des Théâtres** et des lieux d'amusements publics de Paris, par M. *de Rouvières, Paris, Librairie des Etrangers*, s d. vers 1850, in-18, fig., cart. dem. perc.

409. **Histoire** de la littérature dramatique par M. *Jules Janin. Paris, M. Lévy*, 1853-58 6 vol. in-12, dem -chagr.

410. **Ancien Théâtre** Français ou collection des ouvrages dramatique les plus remarquables, depuis les mystères jusqu'à Corneille, publié avec des notes et éclaircissements par Viollet-le-Duc. *Paris, Jannet*, 1854, 10 vol. in-12, cart. de l'éditeur, toile rouge, non rog.

411. **Histoire anecdotique** du théâtre, de la littérature et de diverses impressions contemporaines, tirée du coffre d'un journaliste avec sa vie à tort et à travers, par *Ch. Maurice. Paris, H. Plon*, 1856, 2 vol. in-8, dem -cart. bradel vert, à coins, tête r., non rog.

412. **Œuvres complètes de Tabarin** avec les rencontres, fantaisies et coq-à-l'âne facétieux du baron de Gratelard, le tout précédé d'une introduction et d'une bibliographie Tabarinique, par *A. Aventin. Paris, P. Jannet*, 1858, 2 vol. in-18, cart. non rog.

413. **Gautier** (Th.). Histoire de l'Art dramatique en France depuis 25 ans. *Paris, Hetzel*, 1858, 6 vol. dem -rel., initiale sur les plats.

414. **Histoire complète** et méthodique des Théâtres par J. E. B. (de Rouen). *Rouen, Giroux et Renaux*, 1860, 2 vol. in-8, br.

415. **Note sur Benoet du Lac** ou le Théâtre de la Basoche à Aix à la fin du XVIe siècle par A. Joly. *Lyon, Scheuring*, 1862, in-8 br., papier vergé.

— Le même ouvrage, dem.-maroq., tête dor , non rog.

416. **Masques et Bouffons**. Comédie italienne, texte et dessins par *Maurice Sand*, gravures par *A. Manceau*, préface par G. Sand. *Paris, A. Lévy*, 1862, 2 vol. in-4, dem.-rel., dos de chagr. marron, pl. en toile.

Bel exemplaire avec les figures coloriées.

417. **Histoire philosophique** et littéraire du Théâtre-Français depuis son origine jusqu'à nos jours par M. Hippolyte Lucas. *Paris, Jung-Treuttel*, 1862, 3 vol. in-12, cart. dos de perc. verte, non rog.

417 *bis*. **Les Contemporains de Molière**, recueil de comédies rares ou peu connues jouées de 1650 à 1680, avec l'histoire de chaque théâtre et des notes par *V. Fournel. Paris, F. Didot*, 1863, 3 vol. in-8, dem.-chagr. grenat.

418. **Histoire anecdotique** de l'ancien théâtre en France par *A. Du Casse. Paris, Dentu*, 1864, 2 vol. in-8 dem.-chagr. noir.

419. **L'Histoire par le Théâtre**, 1789 1851. *Paris, Amyot*, 1865. 3 vol. in-12, cart. dos et coins de perc., tête rouge, non rog. (*rousseurs*).

420. **Les Origines du Théâtre de Lyon** ; mystères, farces et tragédies, troupes ambulantes, Molière, avec fac-similé, notes et documents, par Brouchoud. *Lyon, Scheuring*, 1865. in-8 br.

421 **Dictionnaire Universel du Théâtre en France** et du Théâtre français à l'Etranger, alphabétique, biographique et bibliographique, depuis l'origine du Théâtre jusqu'à nos jours, par J. Croizet. *Paris, s. d.*, in-8, dem.-rel. chagr. noir.

Tout ce qui a paru de cet intéressant ouvrage.

422. **Madame de Pompadour** et la Cour de Louis XV au milieu du XVIIIe siècle ; ouvrage suivi du catalogue des tableaux originaux, etc., et de documents entièrement inédits sur le théâtre des petits cabinets, par Emile Campardon. *Paris H. Plon*, 1867, in-8, portr., dem.-chagr., tête jasp., non rog.

423. **Réunion** de 4 ouvrages in-12 rel. et br.

Histoire de l'Art dramatique par A. Baron. *Bruxelles*, s. d. — Les Théâtres, *Paris*, 1868. — Histoire de la Comédie en France depuis les origines jusqu'à nos jours, par C Barthélemy *Paris Dupret*, 1886. — Le théâtre en France, histoire de la littérature dramatique depuis ses origines jusqu'à nos jours, par Petit de Julleville. *Paris, A. Colin*, s. d.

424. **Les Origines du Théâtre** antique et du Théâtre moderne ou Histoire du Génie dramatique depuis le Ier jusqu'au XVIe siècle par Charles Magnin. *Paris, Eudes*, 1868, in-8 dem.-rel. chag.

425 **Le Théâtre Français** sous Louis XIV, par Eugène Despois. *Paris, Hachette*, 1874, in 12 cart. dos de percaline, tête jasp., non rog.

426. **Hstoire du Théâtre** de Madame de Pompadour, dit Théâtre des petits Cabinets, avec une eau-forte de Martial, d'après Boucher, par A. Jullien *Paris, J Baur*, 1874, gr. in 8 br.

427. **De l'origine du théâtre** à Paris, par *Paul Milliet. Paris, Libr. des Bibliophiles*, 1874, in-18, dem. mar. à coins, tête dor., non rog.

428. **La Troupe du Roman comique** dévoilée et les Comédiens de campagne au XVIIe siècle par Henri *Chardon. Le Mans, Monnoyer*, 1876, in-8 dem. chagr. r., tête jasp., non rog.

429 **La Troupe du Roman comique** dévoilée et les Comédiens de campagne au XVIIe siècle, par Henri Chardon. *Le Mans, E. Monnoyer*. 1876, in-8 br.

430. **Le Théâtre de Saint-Cyr**, 1689-1792, d'après des documents inédits par *Achille Taphanel*, avec une eau-forte de Ch. Waltner, portrait de Mme de Maintenon. *Paris et Versailles*, 1876, in-8 br., papier vergé, n° 11.

431. **Réunion** de 7 vol. in-12 br.

Le *Théâtre* en France depuis le Moyen-Age jusqu'à nos jours par *Ad. Avril*, 1877. — Les Coulisses du passé, par *Paul Foucher*, 1878. — Le Théâtre de la Révolution. 1789-1799, par *H. Welschinger*. 1880. — Le Théâtre Révolutionnaire 1788-1799 par *E. Jauffret*, 1869 — Le Théâtre de la Cour à Compiègne pendant le règne de Napoléon III. par *Alph. Leveaux*, 1882. — Nos Théâtres de 1800 à 1880, par *A. Leveaux*. 1881. — La Vie d'un théâtre, par *P. Ginisty*, 1898.

432. **Histoire du Théâtre Français** en Belgique depuis son origine jusqu'à nos jours, par *Frédéric Faber*. *Paris*. 1878, 5 vol. gr. in-8, br.

433 **Histoire Universelle du Théâtre**, par *Alphonse Royer*. *Paris*, *A. Franck*, 1869. 4 vol — **Histoire du Théâtre contemporain** en France et à l'Etranger depuis 1800 jusqu'à 1875, par Alph. Royer. *Paris*, *Ollendorf*, 1878, 2 vol. Ensemble 6 vol. in-8 dem.-rel. chagr. vert.

434. **Les Spectacles de la Foire**. Théâtres, Acteurs, Sauteurs et danseurs de corde. Documents inédits recueillis aux Archives Nationales, par Emile Campardon. *Paris*, *Berger-Levrault*, 1877. 2 vol. gr. in-8 br.
Piqûres au tome 1er : note marginale à l'encre.

435. **Histoire du théâtre en France**, des origines au Cid 1398-1636, par *Benjamin Pifteau* et J. Goujon. *Paris*, *L. Willem*, 1879, 2 vol. in-18 br. Tiré à 500 exemplaires (n° 378).

436. **Histoire du théâtre en France**. Les Mystères, par L. Petit de Julleville. *Paris*, *Hachette*, 1880 2 vol. in-8 br.

437. **Deburau**. Histoire du théâtre à quatre sous pour faire suite à l'histoire du théâtre Français, par J. Janin, avec une préface par Arsène Houssaye, portrait gravé par Ad. Lalauze. *Paris*, *Librairie des Bibliophiles*, 1881, in-12. cart. bradel (couv. cons.).

438. **Le Théâtre** de l'Ancien Collège de Troyes, par M. *Albert Babeau*. *Troyes*, 1881, in-8 br. Exemplaire en grand papier.

439. **Dictionnaire Lyrique** ou Histoires des Opéras, contenant l'analyse et la nomenclature de tous les Opéras et Opéras comiques représentés en France et à l'étranger depuis l'origine de ce genre d'ouvrages jusqu'à nos jours, par F. Clément et P. Larousse. *Paris*, *Larousse*, *s. d.*, in-8, demi-rel. veau

440. **La Comédie à la Cour**. Les théâtres de société royale pendant le siècle dernier *Paris*, *Firmin-Didot*, 1883, petit in-4, fig., br.

441. **Dictionnaire** historique et pittoresque du théâtre et des Arts qui s'y rattachent, par Arthur Pougin. Ouvrage illustré de 350 gravures et de 8 chromolithographies. *Paris*, *Firmin-Didot*, 1885, gr. in-8, cart., dos et coins de maroq. bl non rogn.

442. **Les Comédiens en France** au moyen-âge, par *L. Petit de Julleville*. *Paris*, *L. Cerf*, 1885, in-12 br., couv impr.
Exemplaire sur grand papier vergé

443. **Le Théâtre Français** avant la Renaissance 1450-1550. Mystères, Moralités et Farces, précédé d'une introduction et accompa-

gné de notes pour l'intelligence du texte, par *M. Edouard Fournier*, orné du portrait en pied colorié du principal personnage de chaque pièce, dessiné par *MM. Maurice Sand, Allouard et Adrien Marie. Paris, Laplace et Sanchez*, s. d., gr. in 8, demi rel. chagr. rouge.

444 **Le Théâtre Français au XVIe et au XVIIe siècle**, ou choix de comédies les plus curieuses antérieures à Molière, avec une introduction, des notes et une notice sur chaque auteur par M. Edouard Fournier, édition ornée de portraits en pied coloriés, dessinés par MM. Maurice Sand et H. Allouard. *Paris, Laplace et Sanchez*, *s. d.*, gr. in-8, demi-chagr. rouge.

445. **Histoire du théâtre en France**. Répertoire du Théâtre comique en France au Moyen-Age, par *L. Petit de Julleville. Paris, L. Cerf*, 1886, gr. in-8 br.

446. **Les Comédiens** hors la loi par *Gaston Maugras. Paris, C. Léry*, 1887, in-8, demi chagr. rouge.

447 **Le Théâtre de la Monnaie**, depuis sa fondation jusqu'à nos jours, par *Jacques Isnardon*, préface de *A. Pougin*, illustrations de *Bardenne. Bruxelles, Schott*, 1890, gr. in-8, fig. br., dos cassé.

448. **Le Théâtre** et ses conditions matérielles d'existence au seizième siècle, par *Germain Bapst* (extrait de la Revue Britannique n° d'octobre 1891), in-8 cart.

449 **L'Ancienne France**. Le Théâtre, Mystères, Tragédie, Comédie et la Musique, Instruments, Ballet, Opéra, jusqu'en 1789 *Paris, Firmin-Didot*, 1894, gr. in-8, cart. toile verte (Prix de musique d'une école de la ville de Paris).

450. **La Bastille des Comédiens**. Le For L'Evêque par M. Frantz Funck-Brentano, 11 gravures hors texte. *Paris, A. Fontemoing*, 1903, in-12, cart. perc. bleue, non rog.

451. **L'Aube** du théâtre romantique, par Albert Le Roy. *Paris, P. Ollendorf*, 1904, in-12, cart perc., tête jasp, non rog.

452. **Théâtres** (Les) du Boulevard du Crime, Cabinets galants Cabarets. Théâtres, Cirques, Bateleurs. De Nicolet à Déjazet (1752-1862), ouvrage orné de 3 planches hors texte et d'un plan du Boulevard du Temple. *Paris, Daragon*, 1905, in 8 br.

453. **Les Théâtres Libertins** du XVIIIe siècle, par *H. d'Alméras* et *Paul d'Estrée. Paris, Daragon*, 1905, in-8, fig. br

454. **Les Théâtres clandestins**, par G. Capon et Yves Plessis. *Paris*, 1905, in-8, fig., br.

455. **Les Théâtres**. Le Comédien dans la Société moderne. — Les particularités du théâtre, etc. *S. l. n. d.*, gr. in-8, fig., cart. percaline, non rogn. Extrait.

Ouvrages pour et contre le Théâtre

456. **Traité de la Comédie** et des spectacles, selon la Tradition de l'Eglise, tirée des Conciles et des Saints Pères (par Armand de Bourbon prince de Conty). *Paris, Lovys Billaine*, 1666, in-12, dem.-perc., non rog.

457. **Dissertation** sur la Condamnation des Théâtres. *Paris, V. Pepingue*, 1666, petit in-12, cart. perc. verte. (Rare).

457 *bis* — Le même exemplaire rel. veau racine, tr. r.

458. **Discours sur la Comédie**, par le R. P. *Lebrun*, prêtre de l'Oratoire. *Paris, L. Guérin*, 1694. in-12, dem.-vélin.

459. **Maximes et Réflexions** sur la Comédie par M. Jacques-Benigne *Bossuet*. *Paris, J. Anisson*, 1694, in-12 cart. demi-rel.

460. **Nouvelles observations** au sujet des condamnations prononcées contre les Comédiens, par M. Fagan. *Paris, Chaubert*, 1751, in-12 cart., dos de perc. marron.

461. **P. A. Laval**, comédien, à M. J.-J. Rousseau citoyen de Genève sur les raisons qu'il expose pour réfuter M. d'Alembert, etc. *La Haye*, 1758. in-8, rel. veau jaune, dos orné, fil.

462. **L. H. Bancourt** arlequin de Berlin, à M. J.-J. Rousseau citoyen de Genève. *Berlin*, 1759, in-8, veau marb.

463. **Réunion** de 4 vol. in-8 et in-12 cart. et br.

Lettres sur l'état présent de nos spectacles. *Paris*, 1765. — Lettre de (M. Desprez de Boissy) à M. le Chevalier *** sur les spectacles. *Paris*, Vve Lottin, 1758. — Instructions sur les spectacles par l'Abbé Hulot. *Paris*, 1826. — Antidote rationnel contre la manie des spectacles par M. l'Abbé Rémard.

464. **Lettre** de Desp. de B. (Desprez de Boissy) sur les spectacles. *Paris, Butard* 1771. 4e édit., petit in-8, veau marb.

464 *bis* — Le même ouvrage. 3e édition. *Paris*, 1769.

465. **Traité contre les Danses** et les mauvaises chansons (par *F. L. Gauthier*). *Paris, A. Boudet*, 1775, in-8, veau marb.

466. **Les Dangers** des Spectacles ou les Mémoires de M. le Duc de *Champigny*, par M. le Chevalier de *Mouhy*. *Paris*, 1780, 4 vol. in-12 (Cass. à q.q pages).

Ouvrage peu commun.

467. **Le Pour et Contre** les Spectacles, par M. l'Abbé M***. *A Mons, J. Beugnies*, 1782, in-12, veau écaille, dos orné.

468. **Des Comédiens** et du Clergé, par le baron d'Hénin de Cuvilliers. *Paris, Dupont*, 1825, in-18 br.

469. **Encore des Comédiens** et du Clergé, par le baron d'Hénin de Cuvilliers. *Paris, Andriveau*, 1825, in-8, dem.-rel.

470. **Questions importantes** sur la Comédie de nos jours, par M. l'abbé Parisis docteur en théologie. *Bruxelles*. 1829. in 12. dem.-rel.

471. **La Comédie et la Galanterie** au XVIIIe siècle, par *Adolphe Jullien. Paris, Rouveyre*, 1879. in 8. front. gr. br., papier vergé.

Dramaturgie, Critique, Art du Comédien, Hygiène, Critique des Pièces.

472. **Discours** sur une tragédie de Monsieur Heinsius intitulée Herodes Infanticida (par de Balzac). *Paris, P. Rocolet*, 1636, in-8, dem.-rel., dos et coins de mar. grenat ébarbé. (Allô).

473. **La Pratique du Théâtre.** Œuvre très nécessaire à tous ceux qui veulent s'appliquer à la composition des Poëmes Dramatiques, qui font profession de les réciter en public ou qui prennent plaisir d'en voir les Représentations (par Hedelin, abbé d'Aubignac). *Paris, A. de Sommaville*, 1657, in-4, dem.-rel bas. (mouill.).

474 **Lettre sur la Comédie de l'Imposteur.** 1668. in-18. dem.-veau violet. Ex-libris Aimé Leroy (Très rare).

Le savant M. Barbier regardait la lettre sur l'Imposteur comme une des rares curiosités bibliographiques, il n'en avait jamais rencontré d'autres exemplaires que celui qui existe dans la bibliothèque de l'Arsenal.

Barbier pensait aussi, et M. Taschereau partageait cette opinion, que cet écrit était sorti de la plume de Molière (Catalogue Pixerécourt n° 1569).

475. **Théâtre Philosophique** sur lequel on représente par des dialogues dans les Champs-Elysées, les Philosophes anciens et modernes, par M. Bordelon. *Paris, C. Barbin*, 1692. in-12. front. brun, lég. mouill.

476. **La Critique du Théâtre Anglais** comparé au théâtre d'Athènes, de Rome et de France et l'opinion des auteurs tant profanes que sacrez touchant les spectacles traduit de l'anglais de M. Collier (par le père de Courbeville jésuite). *Paris, Simart*, 1715, in-12 veau br.

477. **La Pratique du théâtre**, par l'abbé d'*Aubignac*, ouvrage très nécessaire à ceux qui veulent s'appliquer à la composition des poëmes dramatiques, et les récitent en public, ou qui prennent plaisir d'en avoir les représentations. *Amsterdam, F. Bernard*, 1715, 2 vol. in-8, veau. front. grav.

478. **Apologie du Philosophe** marié ou du Mari honteux de l'être, réponse à la lettre critique adressée à M. Maillart. *Paris, N. Oudot*, 1727, in 8, veau br.

479. **Etrennes logogriphes** du théâtre et du Parnasse, avec la clef pour en faciliter l'intelligence. *A Sipra*, 1741, in-12. d.-chag bleu.

480. **Le Comédien**, ouvrage divisé en deux parties, par M. Remond et Sainte Albine. *Paris, Desaint et Saillant*, 1749, in-8, v. ant.

481. **Réflexions** sur le Comique larmoyant, adressées a MM. *Arcère* et *Thylorier*. *Paris, Durand*, 1749, in-12, veau br.

482. **L'Art du théâtre** à Madame ***, par *Fr. Riccoboni*. *Paris, Simon*, 1750, in-8, rel. v. br.

483. **Le Théâtre** ouvert au Public, ou traité de la tragédie et de la comédie, traduit de l'anglais. *Paris, Quillau*, 1750, in-8, veau fauve, dos orné, tr. r.

484. **Les Leçons de Thalie**, ou les tableaux des divers ridicules que la comédie présente, portraits, caractères, critique des mœurs et maximes de conduite propres à la société (par P. A. Alletz). *Paris, Nyon*, 1751, 2 tomes en 1 vol. in-12, veau br.

485. **Les Ridicules** du Siècle. *Paris, Prault*, 1752, in-18, dem.-rel. bas., lég. mouill.

486. **Le Bâtard légitimé**, ou le triomphe du Comique larmoyant, avec un examen du *Fils naturel*. *Amsterdam*, 1757, in-8, cart., dos et coins de perc., non rog.

487. **Dancourt** (L. H.). Arlequin de Berlin, à M. J.-J. Rousseau, citoyen de Genève. *Amsterdam*, 1759, in-8, dem. bas. rac., tr. r.

488. **Esprit des Tragédies** et tragi-comédies qui ont paru depuis 1630 jusqu'à 1761. *Paris, Brocas*, 1762, 3 vol. in-18, veau.

489. **L'Observateur des spectacles**, ou anecdotes théâtrales, par M. de *Chevrier*. *La Haye*, 1762, in-12, cart. perc., n rog. (Pierson).

Sur la garde on lit : Rare journal de théâtre contenant la plus curieuse et la plus intime biographie de Crébillon père, qui ait été jamais faite. Signé : Edmond de Goncourt ; avec l'ex-libris des frères Goncourt.

490. **Histoire véridique**, anecdotique, morale et critique avec la clef, par M. *Chevrier*. *A La Haye*, 1767, dem.-rel. bas.

491. **Causes de la décadence** du goût sur le Théâtre, où l'on traite des devoirs, des talents et des fautes des auteurs. *Paris, Dufour*, 1768, 2 parties en un vol. petit in-8, veau marb.

492. **De l'Art du théâtre**, où il est parlé des différens genres de spectacles et de la musique, adapté au théâtre (par Nougaret). *Paris, Cailleau*, 1769, 2 vol. in-18, veau, front. gravés.

493. **Garrick** ou les auteurs anglais, ouvrage contenant les observations sur l'art dramatique, le jeu des acteurs, traduit de l'anglois (*par A.-F. Sticotti*). *Paris, Lacombe*, in-12, demi-rel. bas.

494. **La Déclamation théâtrale**, poème didactique en quatre chants, précédé et suivi de quelques morceaux de prose, par Dorat *Paris, Delalain*, 1771, in-8, veau marb., dos orné, fil., tr. dor.

1 titre et 4 fig. d'Eisen, gr. par de Ghendt.

495. **De l'Art de la Comédie**, ou Détail raisonné des diverses parties de la comédie et de ses différents genres ; suivi d'un traité où l'on compare à leurs originaux les imitations de Molière et celles des Modernes, le tout appuyé d'exemples tirés des meilleurs

comiques de toutes les nations, terminé par l'exposition des causes de la décadence du théâtre et des moyens de le faire refleurir, par M. de Cailhava. *Paris, Didot*, 1772. 4 vol. in-8 veau marb.

496. **Du Théâtre**, ou Nouvel essai sur l'Art dramatique (par Mercier). *Amsterdam, Van Harrevelt*, 1773, in 8, veau.

497 **Réunion** de quatre ouvrages in-8 et in-18 reliés et brochés.
Observations sur l'Art du Comédien par le sieur *** (Hannetaire). *S. l.*, 1774. — Théorie de l'Art du comédien, ou Manuel théâtral, par Aristippe. *Paris*. 1826 (manque le titre). — Précis de dramatique ou de l'Art de composer et exécuter les pièces de théâtre, par M. Viollet-le-Duc. — L'Art de bien dire, par Dupont-Vernon. *Paris, Ollendorff*, 1888.

498. **Le Radoteur**. *Paris, Bastien*, 1775, 2 vol. in-8, v. marb.

499. **Observations** sur l'Art du Comédien et sur d'autres objets concernant cette profession en général, par M. Dhannetaire. *Paris*, 1776. — Cours de Déclamation. divisé en douze séances, par Larive. *Paris*, 1804. Ensemble 2 vol. in-8, demi-rel.

500. **Le Nouveau Spectateur**, ou examen des nouvelles pièces de théâtre, servant de répertoire universel des spectacles, par une Société d'amateurs et de gens de lettres les plus distingués, rédigé par Le Fuel de Méricourt, et plus tard Le Vacher. De l'origine 1er avril au 15 octobre 1776 et du 1er mai à août 1777. Ensemble 3 vol. in-8 bas., marbr.

501. **Le Nouveau Spectateur**, ou examen des nouvelles pièces de théâtre servant de répertoire universel des spectacles, par une Société d'amateurs et de gens de lettres ies plus distingués, rédigé par *Le Fuel de Méricourt*. *Paris, Esprit*, 1776-1778, 6 vol. in-8, rel. veau marbr.

502. **Apologie de Shakespeare**, en réponse à la critique de M. de Voltaire, traduite de l'anglois de Mme de Montagu. *Paris*, 1777, in-8, veau fauve, tr. r.

503. **Lettres** de Madame la Comtesse de Mal.. .. à Madame la Marquise d'A.. .. 10 mai 1779, in-8, demi-rel., tr. r.
Débats entre Mlle Saint-Val et Mlle Vestris. Attribué à Mme C. Mazarelli, marquise de la Vieuville de Saint-Chamond.

504. **L'Aréophage des Quinze Vingts**, ou le Parterre changé en étourneau et plumé par un émouchet du Parnasse. *A Democrito-anti-Sturnopolis*, *s. d.* (vers 1780), in-8, fig., demi-rel. bas. racine.

505. **Essai sur la Perfection** du Jeu Théâtral. ouvrage fait pour les jeunes gens qui se destinent aux théâtres publics, par *M. Du Fresnel*, comédien français. *Liège*, 1782, in-18, demi-rel. chagr.

506. **Les Italiens** aux Boulevards, ou dialogue entre leur nouvelle salle et celle des Français ? *Paris*, 1783, in 8, demi rel.
Joli frontispice dessiné et gravé par N. Ransonnette, sur l'ordre de *Monsieur*, représentant la vue perspective extérieure du Théâtre Italien.

507. **Essai** sur la Tragédie. par un philosophe. *S. l.*, 1772, in-8, bas rac.— **De la Tragédie pour servir aux lettres à Voltaire**, M. Clément. *Paris*, 1784, 2 parties en 1 vol. in-8, veau. — Ensemble 2 ouvrages.

508. **Dramaturgie**, ou observations critiques sur plusieurs pièces de théâtre, tant anciennes que modernes. Ouvrage intéressant, traduit de l'allemand, de feu M. Lessing par un Français, revu par *M. Junker. Paris*, 1785, 2 parties en 1 vol. in 8, veau marb.

509. **Etrennes** aux Sociétés qui font leur amusement de jouer la comédie, ou catalogue raisonné et instructif de toutes les tragédies, comédies, des théâtres Français et Italien. Actes d'opéra, opéra comique, etc., qui peuvent se représenter sur les théâtres particuliers, par de Paulmy d'Argenson. *Paris, Bradel, s. d.*, in 18, cart.

510. **Etrennes de Thalie** aux amateurs de spectacles, ou choix d'anecdotes et bons mots des théâtres. *Bruxelles*, 1786 in-24, br.

511. **Idées** sur le geste et l'action théâtrale, par J. J. Engel, suivies d'une lettre sur la peinture musicale, traduit de l'allemand. *Paris, Barrois*, 1788-89, 2 vol. in 8 bas rac

Exemplaire contenant les 34 figures coloriées.

512. **Lettre** à un père de famille sur les petits spectacles de Paris, par un honnête homme (par N. J. Sélis). *Paris, Garnery*, 1789, in-8, dem.-bas., tr. r.

513. **Essai historique** sur l'origine et les progrès de l'art dramatique en France. Ouvrage qui sert d'introduction aux auteurs dramatiques et prépare à la lecture de leurs ouvrages. *Paris, Belin*, 1791. 3 vol. petit in-18, dem.-veau à coins, n. r.

514. **De la Tragédie Grecque** et du nom qu'on devrait lui donner dans notre langue pour s'en faire une juste idée, par *A. Auger. Paris*, 1792, in-8, dem.-bas., tr. r.

515. **Feuilletons du Journal des Débats** de l'An II à l'An X. Numéros divers réunis par genre. 19 vol in 8 obl., cart

Théâtre. Littérature. Poésies. Peinture. Sculpture. Variétés.

Collection des plus intéressantes, au point de vue du théâtre et des autres arts.

516. **De l'Art de la Comédie.** Nouvelle édition, par le citoyen Cailhava. *Paris, Boulard*, 1795, 2 vol. in-8. dem.-rel.

517. **Le Censeur dramatique**, ou journal des principaux théâtres de Paris et des départements, par une société de gens de lettres, rédigé par A. B. L. *Grimod de la Reynière. Paris, Bureau du Censeur dramatique* 1777, 3 vol in-8, dem.-rel. bas. ant. tête r., non rog., lég. mouill. et rousseurs.

518. **Essai** sur la tradition théâtrale, par Cailhava. *Paris, C. Pougens*, 1798, in-8, rel. bas.

519. **Vérités à l'ordre** du jour ou nouvelle critique raisonnée tant des acteurs et actrices des Théâtres de Paris. *Paris, Garnier*, an VI, in-18, cart.

520. **Le Tableau Comique** ou l'intérieur d'une troupe de Comédiens formant suite à l'*Optique du Jour*, par Joseph R*** (Rosny). *Paris, Marchand*, An VIII, fig dem. cart., non rog

521. **Melpomène et Thalie** vengées ou nouvelle critique impartiale et raisonnée 2e année (par Fabien Pillet). *Paris, Marchand*, an VII, in-18, dem.-rel., fig.

522 **Eléments de Critique dramatique**, contenant une analyse du

Théâtre sous les titres suivants : De la Tragédie, du Tragi-Comique, de la Comédie, de la Pantomime et de la Farce ; ouvrage traduit de l'anglais de William Cooke, par P. F. Aubin. *De l'Imprimerie de Delance*, an VIII, in-8, cart. dos et coins de percaline verte, non rog.

523. **La Revue des Théâtres** ou suite *de Melpomène et Thalie vengées*, par Fabien Pillet. *Paris, Marchand*, an VIII, in-24 cart.

524. **De l'Art du Théâtre.** Eléments de critique dramatique suivi d'un coup d'œil sur l'éducation des acteurs grecs et romains, traduit de l'anglais de W. Cooke, par P. F. Aubin. *Paris, Le Normant*, 1801, in 8, dem.-veau bleu. Ex-libris Hillemacher.

525. **Le Coup de Fouet**, ou Revue de tous les Théâtres de Paris (par J. Abel Rémusat). *Paris*, 1802, in-18, front., cart.

526. **Le Tribunal Volatile**, ou Nouveau jugement porté sur les acteurs, actrices auteurs et sur divers endroits publics de Paris, par Ch. R. C***. *Paris, Tiger*, an XI, in-18, front., cart.

527. **Epitre à M. Palissot** autour de la *Comédie des Philosophes*, du poëme de la Dunciade, etc., par un habitant du Jura. *Paris, Desenne, Delaunay et Debray*, 1806, in-8 cart., dos et coins de perc. mauve, non rog.

528, **Précis de l'Art Théâtral** dramatique des anciens et des modernes, contenant l'histoire, l'origine, la théorie et la pratique des théâtres et des différents drames, publié par M. Lacombe. *Paris*, 1808, 2 tomes en un vol. in-8, dem.-rel.

529. **Traité des intonations** oratoires appliqué à tous les genres d'éloquence, soit *théâtrale*, soit judiciaire ou sacrée, par *Dubroca*. *Paris*, 1810, in-8, dem.-rel. veau fauve.

530. **Lettre d'Arcis-sur-Aube**, ou réponse de Mme de... au Champenois. *Paris, Buisson*, 1810, in-8, cart. dos et coins de perc. bleue, non rog.

Réponse à la critique de la pièce " Les Templiers " de M Raynouard.

531. **Réunion** de 7 brochures et volumes in-8 et in-12.

L'Art de Cabaler dans les spectacles, 1811. — *Les remontrances* du Parterre ou lettres d'un homme qui n'est rien, 1814. — *Le Rideau* déchiré. Théâtre Français, 1820. — *De la décadence* de l'Art dramatique, de ses causes et des moyens d'y remédier, par *Ed. Marteau*, 1849. — *De l'Influence* du Théâtre sur la classe ouvrière, par *Ed. Thierry*. — *Epaves*, Théâtre, Histoire, Anecdotes, Mots, par *Ch. Maurice*, 1865. — *L'Ambition* au Théâtre, du rôle de la femme, par *Léopold Gravier*, 1873.

532. **Quelques réflexions** d'un homme du monde sur les Spectacles, la Musique, le Jeu et le Duel, par A. de Fortia de Piles. *Paris, Porthmann*, 1812, in-8, dem.-bas.

533. **Essai** sur l'Etat actuel des Théâtres de Paris et des principales villes de l'Empire, leurs administrations, leurs acteurs, leur répertoire, les journalistes, le Conservatoire, etc., par J. D. B. *Paris, L'Huillier*, 1813, in-8 br.

534. **Commentaire sur le Théâtre** de Voltaire, par M. De La Harpe, imprimé d'après le manuscrit autographe de ce célèbre critique et approprié aux différentes éditions de ce théâtre. *Paris, Maradan*, 1814, in-8, dem.-rel. veau.

535. **Cours de Littérature Dramatique**, par A.W.Schlegel, traduit de l'allemand par Mme de Staël. *Paris, J. J. Paschoud*, 1814, 3 vol. in-8, cart., non rog.

536. **L'Anti-Romantique** ou examen de quelques ouvrages nouveaux, par M. le Vicomte de S*** ? *Paris, Le Normant*, 1816, in-8 br.

Les Chapitres IV à VII sont consacrés au Théâtre.

537. **Traité du Mélodrame**, par A ! A ! A ! (A. Hugo, Malitourne, Ader). *Paris, Delaunay*, 1817, in-8, cart racc.

538. **La Chronique indiscrète**. Boudoirs, Coulisses, bruits de ville, variétés de Paris (par A. Ragueneau de La Chainaye). 1818, 2 vol. in-12, cart.

539. **L'Ombre de l'Acteur Philippe** à ses confrères et à ses concitoyens. *Paris, chez les principaux libraires*, 1824, br. in-8, cart. br. à coins.

540. **Cours de Littérature Dramatique**, ou recueil par ordre de matières des feuilletons de *Geoffroy*, précédé d'une notice historique sur sa vie et ses ouvrages. *Paris, Blanchard*, 1825, 6 vol. in-8, dem.-rel. bas. à coins, fac-similé d'autographe.

541 **Théorie de l'Art du comédien**, ou Manuel Théâtral par Aristippe. *Paris, Leroux*, 1826, in-8 br.

542. **Epitre à Odry**, sur le bonheur des gens de lettres, pour faire suite aux épîtres de M. Casimir Delavigne à M. Lamartine. *Paris, Delaunay*, 1826, br. in-8, cart.

543. **Code théâtral**, physiologie des théâtres. Manuel complet de l'auteur, du directeur, de l'acteur et de l'amateur, par J. Rousseau. *Paris, Roret*, 1829, in-8, fig., br.

544 **Réunion** de 4 ouvrages in-8 et in-12, br

Le Citateur dramatique par Léonard *Gallois*, 1829. — Etudes sur l'art dramatique et oratoire, conseils aux comédiens et aux comédiens chanteurs, par J.-B. Grognier-Quelus. 1858. — L'esprit du Théâtre, ou pensées choisies des auteurs dramatiques les plus connus, 1re série s. d. — L'art de bien dire, par H. Dupont-Vernon, 1880, in-8, pap. vergé (envoi d'auteur).

545. **La Popularité**, comédie en 5 actes de M. *C. Delavigne*. — **La Camaraderie**, par *Eug. Scribe*. — **Don Juan d'Autriche**, par *Casimir Delavigne*, en deux plaquettes in-8, cart., dos et coins de perc.

Critique des pièces, par *A. Dumas* et *J. Janin*. Extrait de la *Re[illegible] étrangère*, 1835-1838.

546. **Nisard** (D.). Littérature, *Victor Hugo*. Extraits de la " Revue étrangère " mars 1836, réunis en une plaquette, cart., dos et coins de perc. rouge.

Dans cette étude sur Victor Hugo, M. D. Nisard critique plusieurs pièces de théâtre du Maître.

547. **Bulletin théâtral**. Extraits de la " Revue étrangère ", 1836 et 1839 et réunis en un vol. in-8, cart. en perc. marron, avec coins.

548. **Hygiène philosophique** des artistes dramatiques. *Paris, Trinquart*, 1836. 2 tom. en un vol. in-8, dem.-bas.

549. **Etudes sur l'Art théâtral**, suivies d'anecdotes inédites sur Talma et de la correspondance de Ducis avec cet artiste, depuis 1792 jusqu'en 1815, par Mme Vve Talma. *Paris, Feret*, 1836, in-8 br.

550. **Théâtre Moderne.** Cours de littérature dramatique, par *A. Delaforest*, suite aux Mémoires de Bachaumont, au journal de Collé, aux correspondances et au lycée de Grimm et de la Harpe, etc., etc. *Paris, Allardin*, 1836, 2 vol. in 8, dem -rel.

551. **Réunion** de nombreuses coupures de journaux critiques des premières représentations de pièces, années 1836 à 1859. Coupures collées sur papier d'un registre petit in-fol.

552. **La Tribune Dramatique.** Revue théâtrale, artistique et littéraire, par Jacques Arago. *Paris, bureaux de la Tribune Dramatique*, 1841 42, 2 vol. gr. in-8, dem.-rel. ch., dos de chagrin rouge à coins, tr jasp.

Portraits d'acteurs et d'actrices lithographiés, figures de modes coloriées. Collection est des plus rares à trouver surtout complète de ses gravures.

553. **Les Mystères** des théâtres de Paris. Observations! Indiscrétions! Révélations par un vieux comparse. *Paris, Marchant*, 1844, in-12, fig., br. (mouill.)

554. **Saint-Marc Girardin**. Cours de littérature dramatique, ou de l'usage des passions dans le drame, nouvelle édition, revue et corrigée. *Paris, Charpentier*, s. d., 5 vol in 12, dem.-chagr. roug.

555. **Janin** (J.) et **Pyat** (Félix). Suite de 9 brochures relative au procès engagé par *J. Janin* contre F. Pyat, réunies en un vol. in-8, cart., dos de perc., non rog.

Portraits de J. Janin et de F. Pyat ajoutés. Plus un feuilleton du Journal des Débats. Critique de *Tibère* (tragédie en 5 actes par M. J. Chénier), par J. Janin.

556. **Mystères des Théâtres**, 1852, par Edmond et Jules de Goncourt et Cornélius Hoff. *Paris*, 1853, in-8, br.

557. **De l'Influence** du Théâtre sur la classe ouvrière, par Ed. Thierry. *Paris, Panckoucke*, 1862, in-12. — **Le Théâtre des Pauvres**, par Ed Fournier. *S. d.* — **L'Etat et les Théâtres**, par Rouxel. *Paris, Baur*, 1877. — **La Censure dramatique**. *Paris, A. Sagnier*, 1873, in 12. — **Les Spectateurs** sur le Théâtre par Adolphe Jullien. *Paris, Detaille*, 1875. Ensemble 5 brochures in-8 ou in-12 br.

558. **Les petits Mystères** de l'Ecole lyrique. *Paris, Sausset*, 1862, in-18, br — **Entre deux spectacles**. Esquisses théâtrales, par J. Bellanger. *Paris, Dentu*, 1879, in 12. — **Le Théâtre de l'à-peu-près**. Changements à vue. Trappes et praticables, par le *comte d'Osmont*. *Paris, Dentu*, 1878, in-12, br. — **Petits Mémoires** d'une stalle d'orchestre, par Philibert Audebrand *Paris, J. Lévy*, 1885. in-12 br. — **Bravos et Sifflets**, par A. Heulhard. *Paris, A. Dupont*, 1886, in-12 br Ensemble 5 ouvrages.

559. **L'Art Théâtral**, par *M. Samson*, de la Comédie Française, orné de portraits photographies par Franck d'après les originaux. *Paris, Dentu*, 1863-1865 2 tomes en 1 vol. in-8 demi-chag. grenat.

560 **Les Premières Représentations célèbres**, par Charles Monselet. *Paris A. Faure*, 1867, in-12, dem -perc, non rog.

561. **Réunion** de 5 vol. in-12, br.

Les Premières Représentations célèbres, par Ch. Monselet. *Paris, Faure*, 1867. — Paris sur Scène, par Guy de Saint-Mór. *Paris, Piaget et E. Kolb*, 1888-1889. 1re et 2e années, 2 vol. illustrés. — Une Première par Jour par A. Soubies. *Paris, Marpon*. s. d. — La Soirée Parisienne par Richard O'Monroy 2e année, 1891. *Paris, P. Arnould*. (Légères déchirures à quelques pages de ce volume).

562. **Dumas** (Alex.). Souvenirs dramatiques. *Paris, Lévy*, 1868, 2 vol. in-12, demi-rel. chag. noir.

563. **La Vie moderne** au Théâtre ; causeries sur l'Art dramatique, par Jules Claretie. *Paris, Barba*, 1869. 2 vol. in-12 br.

564. **L'Année Théâtrale**. Nouvelles, bruits de coulisses indiscrétions, comptes-rendus, racontars, etc., par Georges Duval. *Paris, Tresse*, 1875-1877. 3 vol. in-12. br.

Les trois premières années de cette collection.

565. **Les Soirées Parisiennes**, par un Monsieur de l'Orchestre (Arnold Mortier). *Paris*, 1875 à 1885 inclus, 11 vol. in-12, br.

566. **Les Auteurs dramatiques** et les Théâtres de Province aux XVIIe et XVIIIe siècles par *Jules Bonnassies. Paris, L. Willem* 1875, in-18 cart.

567. **Histoire de Ruy Blas** par A. Hepp et Clément Clament. *Paris, P. Ollendorff*. 1879, in-12 cart., dos de perc., non rog. Portrait de V. Hugo (papier de chine) ajouté.

568. **L'Art du Comédien**, par Coquelin Aîné. *S. l. n. d.*, (extrait d'une Revue en un vol. petit in-4 cart. dos et coins de percaline, non rog., fig. sur bois et portrait de M. Coquelin aîné ajouté.

A la suite on a relié avec cette brochure quelques articles sur des auteurs dramatiques et artistes : Blanche Barretta, V. Sardou, Sarah Bernhardt, L. Halévy, A. Patti.

569. **Les Premières illustrées**. Notes et croquis sur les saisons théâtrales de 1881 à 1887. De Brunhoff directeur. *Paris, Ed. Monnier et Piaget*, 1882-1887. 7 vol. gr. in-8, fig. noires et coloriées, dem.-rel., dos et coins de mar. rouge, non rog., couvertures des volumes et des livraisons conservées. (Bel exemplaire).

Une des plus jolies publications sur le théâtre. Collection complète.

570. **Dramatic notes** a chronicle of the London Stage 1879-1882 illustrated with 180 sketches of scènes and characters. *London, D. Bogue*, 1883, in-8. cart. toile bleue.

571. **Petite Critique** par J. Janin, tome 4e des Œuvres de Jeunesse, eau-forte de Lalauze. *Paris, Librairie des Bibliophiles*, 1883, in-12, dem.-chagr. vert poli, tête dor., non rog. Exempl. sur papier hollande.

A la fin du volume se trouve une critique dramatique sur Talma et Lekain, sur le drame de V. Hugo : Marion Delorme ; sur Frederick Lemaître, sur la reprise d'Angelo, etc.

572. **Les Mille et une Nuits** au Théâtre par Auguste Vitu. *Paris, Paul Ollendorff*, origine 1884 à 1891, 8 vol. in-12 br.

573. **Comédie Satirique** (La) au XVIIIe siècle. Histoire de la Société française par l'allusion, la personnalité et la satire au

théâtre Louis XV, Louis XVI, La Révolution, par *Gustave Desnoiresterres. Paris, Perrin*, 1885, in-8 br.

574 **Le Carillon Théâtral.** Le Pour et le Contre de la critique sur les principales pièces de l'année Saison théâtrale 1887-1888, par L. P. Laforêt. *Paris, Librairie des Bibliophiles*, 1889, gr. in-8 br.

575. **Le Théâtre à Paris**, origine 1888 à 1889 inclus par C. Le Senne *Paris* 1888-1890, 3 vol. in-12, dem.-chag. noir, tête dor., non rogn. (couv. cons.) Envoi d'auteur à Emile Blavet.

576. **Impressions de Théâtre** par Jules Lemaître. *Paris, H. Lecène et H. Oudin*. 1888 1898, 10 vol. in-12, cart. dos de perc. verte, non rog. (couv. cons.). Bel exempl.

Edition originale sauf pour le tome 4e qui est de la 2e édition.

577. **Le Théâtre contemporain** par Barbey d'Aurevilly. *Paris, Frinzine*. 1887-1892, 5 vol. in 8, dem.-veau bleu.

578. **Réunion** de 6 vol. in-12 cart., dos de perc., non rog.

E. M. De Lyden. Le Théâtre d'autrefois et d'aujourd'hui, 1882. — *Jean Berlieux*. Le Théâtre injouable, 1896. — *P. Régnier*. Souvenirs et Etudes de Théâtre, 1887. — *Edmond Deschaumes*. Le Mal du Théâtre, 1888, — *Philibert Audebrand*. Petits Mémoires d'une Stalle d'Orchestre, 1885. — *Vitoux*. Le Théâtre de l'Avenir, *s. d.*

579. **Henriet** (Frédéric). Monographie du spectateur au théâtre. *Paris, Laurens*, 1892, in-12 br.

580 **Paris Vivant** Le Théâtre par Francisque Sarcey. Dessins de MM. A. Gérardin, A. Lepère, L. Moulignié, L. Tinayre. *Paris*, 1893, in-8 br.

Exemplaire numéroté sur papier vélin du Marais, tiré à 500 exemplaires, no 82.

581. **Les Déshabillés au Théâtre**, texte de Georges Montorgueil, illustrations de Henri Boutet. *Paris, Floury*, 1896, in 8 br.

582. **Le Théâtre** et la Ville. Essais de critique. Notes et impressions. *Paris, Flammarion, s. d.*, in-12, cart., dos de perc. verte, non rog.

583. **Le Théâtre** Moderne illustré. *S. l. n. d.* 21 numéros in 4 et in-8 illustrés en un vol. in 4 dem.-perc., non rog.

Explication et critique des pièces : Le Tour du Monde en 80 jours, Les Enfants du capitaine Grant, L'Assommoir, etc., etc. (Collection complète).

584. **Quarante ans de Théâtre**, feuilletons dramatiques par Francisque Sarcey. 1900 à 1902. 8 vol. in 12, fig., dem.-chag., tête roug., non rog.

585. **Voltaire** et les Comédiens interprètes de son théâtre Etudes sur l'art théâtral et les Comédiens au XVIIIe siècle. *Paris, Lecène et Oudin*, 1900, in-8, fig. coloriées, dem. chagr. vert.

586. **Loges et Coulisses**, par Jules Huret. *Paris, Edition de la Revue blanche*, 1901, in-12, cart., dos de perc. verte, non rog.

587. **Victor Hugo** et la grande poésie satirique en France, par *Paul Stapfer. Paris, P. Ollendorff*. 1901, in-12, dem.-bas. rouge, non rog.

588. **Un Laboratoire dramaturgique**. Essai critique sur le théâtre de Victor Hugo, par Paul et Victor *Glachant*. Les Drames en

vers de l'époque et de la formule romantique, 1827-1839. *Paris, Hachette*, 1902, in-12 cart., dos de perc. verte, non rog.

589. **Paradoxe** sur le Comédien, par *Diderot*, édition critique avec introduction, notes, fac-simile, par *Ernest Dupuy*. *Paris, Ancienne Librairie Lecène et Oudin*, 1902, in-4 br.

590. **Un Laboratoire dramaturgique.** Essai critique sur le Théâtre de Victor Hugo, par Paul et Victor Glachant. *Paris, Hachette*, 1903, in-12, bas. rouge, tête r., non rog.

591. **Trente ans de théâtre**, par Adrien Bernheim, préface de Henry Roujon, de l'Institut, directeur des Beaux-Arts. *Paris, Charpentier*, 1903 2 vol in-12, dem.-rel. chag. rouge, tête rouge, n. r.

Facéties, Satires, Etudes, Souvenirs Physiologies

592. **Arlequiniana**, ou les bons mots et les histoires plaisantes et agréables recueillies des conversations d'Arlequin (par *Cotolendi*). *Lyon, H. Baritel*, 1694, in-12, front., veau marb.

593. **Arlequiniana** ou les bons mots et les histoires plaisantes et agréables recueillies des conversations d'Arlequin. (par *Cotolendi*). *Paris, F. et F. de Laulne*, 1735, in-12, mar. r., dos orné, fil., dent. intér , tr. dor. (Capé).

594. **Requeste** de deux actrices d'Opéra à Momus avec son ordonnance. *La Haye*, 1743, in-18, veau fauve, fil. sur le dos et les plats, tr. dor. (Simier relieur du Roi).

595. **Mémoire** pour le sieur de Lanove, la demoiselle Gavssin et consorts opposans à la réception de la demoiselle Cléron. *S. l. n. d.* (1743), in-18, dem.-rel. bas., tr. r. (rare).

596. **Le Code lyrique**, ou règlement pour l'Opéra à Paris, avec des éclaircissements historiques, par Meusnier de Querlon. *A Utopie, chez Th. Morus*, in-18, cart., perc. verte (rare).

597. **Vénus à Confesse**, ou lettres d'une comédienne retirée du spectacle à une de ses amies *En Phrigie, chez Esope, à l'Enseigne de la Vérité*, 1751. 3 parties en un vol. in-8, dem -mar. rouge, tr. ébarbées (Allò)

598. **Almanach des gens d'esprit**, par un homme qui n'est pas un sot, calendrier pour l'année 1762 et le reste de la vie (par Chevrier). *Londres, J. Nourse*, 1762, in-12, dem.-rel. bas.

599. **Confession générale** d'Audinot. *Genève, chez les frères Crammer*, 1774, in-8, front. gr., dem -bas.

600. **L'Espion anglais**, ou correspondance secrète entre Milord All'eye et Milord All'ear (par Pidansat de Mairobert . *Londres, John Adamson* (1777), 10 vol. in-12, veau marb.

601. **Les Contemporaines** graduées ou aventures des jolies femmes. — XVI. Les femmes des grands théâtres. — XVII. Les femmes des petits théâtres (par Rétif de la Bretonne) *Paris*, 1780. 2 vol. in-12, fig , br.

602. **Le Chroniqueur désœuvré** ou l'espion du boulevard du Temple, contenant les annales scandaleuses et véridiques des directeurs, acteurs et saltimbanques du Boulevard, avec un résumé de leur vie et mœurs par ordre chronologique (par Mayeur de St-Paul). *Londres*, 1782, 2 vol in-8. — **Le Vol plus haut**, ou l'espion des principaux théâtres de la Capitale, contenant une histoire abrégée des acteurs et actrices de ces mêmes théâtres (par Dumont, comédien). *A Memphis, chez Sincère*, 1784 in-8. Ensemble 3 vol. in-8, cart. dos de percaline

603 **Le Désœuvré** mis en œuvre ou le revers de la médaille, pour servir d'opposition à l'Espion du Boulevard du Temple et de préservatif à la prévention (par Dumont comédien). *Paris, chez les Marchands de Nouveautés*. 1782, in-8, demi-rel bas

604 **La Gazette noire**, par un homme qui n'est pas blanc, ou œuvres posthumes du Gazetier cuirassé (Théveneau de Morande) *Imprimé à cent lieues de la Bastille*, etc., 1784, in-8, cart , dos et coins de perc. marron non rog

605. **La Chronique** scandaleuse, ou Mémoires pour servir à l'histoire de la génération présente (par Guillaume Imbert, ex-bénédictin) *Paris, dans un coin où l'on voit tout*, 1785, 5 vol in-12, br

606 **Les Contemporaines** graduées, ou aventures des jolies fammes (*sic*) de l'âge actuel. — XVII. Les fammes des Petits Théâtres, par N. Rétif de la Bretonne. *A Leipzig (Paris*, 1785), in-12, demi-rel., non rog., lég. mouill , figures de Binet.

607. **L'Optique du Jour**, ou le foyer de Montansier, par Joseph R*** (Rosny) *Paris, chez Marchand*, an VII, in-18, front . demi-percal. verte à coins, racc. au frontispice.

608. **Calembourgs** de Madame Angot, ou suite des calembourgs comme s'il en pleuvait, contenant les amours du Per-vertisseur et l'histoire du fameux Lagalisse ; sa naissance, sa vie et sa mort, en 50 couplets, avec le portrait en couleur de Corsse dans Madame Angot. *Paris*, 1800, in-18, cart. bradel, non rog.

609 **Des Calembourgs** comme s'il en pleuvait, contenant un déluge de traits d'esprit, le tout dédié à Jocrisse. *Paris, Barba*, 1800, petit in-18 cart. br., non rog. Portrait colorié de Brunet dans le Désespoir de Jocrisse.

610. **Chronique** scandaleuse pour l'an 1800, pour l'an 1801. *Paris*, an IX (1801), in-18, front., cart.
Table manusc. ajout. à la fin du vol.

611. **Comediana**, ou recueil choisi d'anecdotes dramatiques, bons mots des comédiens et réparties spirituelles de bonhomie et de naïveté du parterre, par Cousin d'Avallon. *Paris, Marchand*, an IX-1801, in-18, demi-rel. chagr.

612 **Encore des Calembourgs**, ou après la pluie vient le beau temps (par Ch. Malingreau) *Paris, Pillot*, 1801, in-18, front. col., cart. percal.

613 **Souvenirs d'un Déporté**, pour servir aux historiens, aux romanciers aux compilateurs d'Ana, aux folliculaires, aux journalistes, aux faiseurs de comédies, de tragédies, de vaudevilles et Œuvres posthumes de Pierre Villiers, ancien capitaine de dragons. *Paris*, 1802 in 8, demi-rel. bas., tr. r.

614. **Cricriana**, ou recueil des Halles, suite de Brunetiana, de l'Angotiana, etc. *Paris*, 1803, in-18, front. col , cart. brad , tête jasp., non rog.

615. **La Farce** de la querelle de Gaultier-Garguille et de Perrine sa femme, avec la sentence de la séparation entre eux rendue. *A Vaugirard s. d.*, in-12, cart. perc., non rog Curieuse réimpression.

616 **L'Indicateur** des plus jolies femmes publiques de Paris. Leurs demeures, qualités, savoir faire en vaudevilles, dédié aux amateurs par un connaisseur du beau sexe. *Paris, chez M. Personne*, an XI-1803. in-18, fig., bas ant., dos orné, fil., tr. r.

617. **Calembourgs de l'abbé Geoffroy** faisant suite à ceux de Jocrisse et de Mme Angot ou les auteurs et les acteurs corrigés avec des pointes. ouvrage piquant rédigé par G.. s D. . I. (G. Duval). *Paris, Capelle*, 1803, in-18. dem.-rel. bas , tête r., n. rog.

618. **Réunion** de 8 brochures et volumes in 8 et in-18.

L'Esprit de Geoffroy, 1803. — Anecdotes théâtrales anciennes et modernes tirées des mémoires du temps, 1837. — Physiologie du Théâtre par L. Couailhac, 1842. — Mystères galants des Théâtres de Paris, 1844. — Almanach des Théâtres par *L. Sari*, octobre 1851, n° 1, seul paru — Sur la Scène et dans la Salle, par Amédée de Jallais, 1854. — Bouis-Bouis, bastringues et caboulots de Paris, 1861. — Au Rideau. Histoire, singularités, récits et anecdotes théâtrales 1398-1874, par Oscar, 1875.

619. **Les Aventures plaisantes** de M. Bobèche et son voyage de quarante-huit heures dans l'intérieur de la capitale. publiées par le Rédacteur du *Petit Conteur de Poche*. *Paris, Ledentu*, 1813. petit in-18. fig.. dem.-toile bradel, non rog.

620. **Mes Récapitulations**, par *J.-N. Bouilly*, membre de plusieurs Sociétés littéraires. *Paris, L. Janet, s. d.*. 3 vol in-12, portr., dem.-rel., chagr. rouge.

621. **Bobèchiana** ou recueil choisi de bons mots du sieur Bobèche, célèbre Paradiste des Boulevards et de Tivoli, ouvrage facétieux par M. *Charles*. *Paris, Tiger, s. d.*, in-18, dem -rel. bas., front. colorié, raccom. au front.

622. **Ana**, par Cousin d'Avallon et autres. 11 vol. in 18. Portr. et fig. br.

Beaumarchaisiana. — Bevriana. — Brunetiana. — Carnavaliana et Carêmiana — Fontenelliana - Jolyana — Odryana ou la boite au gros sel. — Molierana. — Potieriana. — Rivaroliana. - Rousseliana.

623. **Réunion** de 5 vol. in-12 et in-24, cart. et br.

Physiologie du Parterre, types du spectateur par Léon (d'Amboise), illustrations de H. Emy. *Paris, Desloges*, 1841. — Le Scandale au Théâtre, par G. d'Heilly. *Paris, J. Taride*, 1861. - Figurines dramatiques, par J.-B. Laglaize *Paris, Tresse*, 1882. — Le Mal du Théâtre, par Edmond Deschaumes. *Paris, Dentu*, 1888. — La Vie au théâtre, par P. Giffard. *Paris, H. du Parc, s. d.*

624. **Petit Dictionnaire des Coulisses**, publié par Jacques le Souffleur. *Paris*, 1835, in-18 br. — **Le Scandale au Théâtre**, par G. d'Heilly. *Paris, Taride*, 1861. in-12 br. — **La Langue Théâtrale**, vocabulaire historique, descriptif et anecdotique des termes et des choses de théâtre, par A. Bouchard. *Paris. Arnaud*, 1878, in-18 br. — **Mémoires d'un chef de claque**, par Jules Lan. *Paris, Librairie nouvelle*, 1883. in-12 br. Ensemble 4 ouvrages

625. **Les Mystères des Théâtres de Paris**, observations, indiscrétions, relations, par un vieux comparse. *Paris, Marchand*, 1844, in-12. fig.. dem.-veau. taches de rousseur.

626. **Physiologies**. 11 vol. in-18 br. dont 1 cart.. illustrations.

Physiologie du Viveur, du Parapluie, du Tabac, du Théâtre, du Parterre, etc.

627. **Revue Théâtrale**, littéraire et artistique, rédacteur en chef, Julien Girard. *Paris, Librairie nouvelle*, 1862. 2 vol. in-8 et in-12, cart., dos de perc., non rog., lég. mouill.

628. **Réunion** de 3 vol. in-12 rel. et br.

L'Esprit au Théâtre par *Emile Colombey*. *Paris*, *Hachette*, *s. d.* — La vie des Comédiens par Emile Deschanel. *Paris*, *Hachette*, *s. d.* — Le Manteau d'Arlequin, par Ed. Montagne. *Paris*, *Lacroix*, 1866.

629. **Fiorentino** (P.-A.). Comédies et Comédiens 2 vol. 1866. — Les Grands Guignols 2 vol. 1872. Ensemble 4 vol. in-12 br.

630 **Le Calembourg en action**. Anecdote tirée des Annales Secrètes des Chevalières de l'Opéra, Merard Saint-Just. Réimpression textuelle. *Neuchatel*, 1874, in-18 cart., dos de perc. r.

---

631. **Réunion** de 8 vol. broch.

Loire (Louis). Anecdotes de Théâtre, comédiens, comédiennes, 1875 — *Duval* (Georges). Artistes et Cabotins, 1878. — *Bellanger* (Justin). Entre deux spectacles 1879. — *Laglaize*. Fantoches d'Opéra, 1881. — *Lereaux* (Alphonse). Nos Théâtres, 1881-86. — *Benjamin* (Edmond) Coulisses de Bourse et de Théatre, 1882. — *Scholl* (Aurelien). Les Coulisses 1887. — *Deschaumes* (Edmond). Le Mal du théâtre 1888.

632. **Souvenirs de Théâtre**. 9 vol. in-12 br.

Hostein (H.). Historiettes et souvenirs d'un homme de théâtre, 1878. — *Duprez* (G.). Souvenirs d'un chanteur. 1880. — *Séchan* (Ch.). Souvenirs d'un homme de théâtre, 1883. — *Gautier* (Th.). Souvenirs de théâtre, d'art et de critique, 1883. — *Régnier* (P.). Souvenirs et Etudes de théâtre, 1887. — *Strakosch* (M.). Souvenirs d'un Impresario, 1887. — *Lyonnet* (Les Frères). Souvenirs et Anecdotes, 1888. — *Lafontaine* (H.). Therèse ma Mie, 1888 — *Fleury* (*le Comte*). Souvenirs de M. Delaunay, *S. d.*

633. **Réunion** de 5 vol. in-12 br.

Méténier (Oscar). Les Voyous au Théâtre. — *Henriet* (Frédéric). Monographie du Spectateur au Théâtre, 1892. — *Duflot* (Joachim). Le Secret des Coulisses, *s. d.* — *Chamberet* (Paul de). Les Poussières de la Rampe, 1898. — *Roll* (Maximin). Souvenirs d'un claqueur et d'un figurant.

634. **La Comédie Satirique** au XVIIIe siècle. Histoire de la Société française par l'allusion, la personnalité et la satire au théâtre, par Gustave *Desnoiresterre*. *Paris, E. Perrin*. 1885, in-8 br.

635. **Le Théâtre** à la mode au XVIIIe siècle de Benedetto Marcello, traduction par Ernest David. *Paris, Fischbacher*, 1890, in-12 br.

Romans et Fictions

636. **L'Opéra de La Haye** Histoire instructive et galante. *A Cologne*, 1706, petit in-12, veau.

637. **Les Aventures ou Mémoires de la Vie d'Henriette Sylvie de Molière.** *Amsterdam, chez Poilras*, 1733, in-12, veau br.

638. **La Farfalla** ou la Comédienne convertie, par le R. P. M. A. *Marin. A Avignon*, 1762. 2 parties en un vol. in-12, veau mar.

639. **Le Nouveau Roman comique** ou voyage et aventures d'un Souffleur, d'un Perruquier et d'un Costumier de spectacle. *Paris, Imprimerie de Vatar-Jouannet, an VIII*, 2 tomes en un vol. in-12, fig. demi-rel.

640. **Esope au Bal de l'Opéra** ou Tout Paris en miniature, dédié à ceux qui se reconnaîtront, par Mlle Caroline Wuiet. *Paris, Impr. J. Gratiot, an X* (1802), 2 vol. in-12, fig. de Binet, dem.-maroq., tête dor., non rog.

641. **L'Enfant du Trou du Souffleur** ou l'Autre Figaro, par *A.-A. Beaufort. Paris, Lepetit, an XI*-1803, 2 vol. in 12, cart.

642. **Sophie d'Arlon** ou les Aventures d'une actrice. *Paris, an XIII*-1804, 4 tomes en 2 vol. in 12, fig, demi-chagr. r., tr. dor. Petite déchirure au tome 4.

643. **Le Parisien** ou les Illusions de la jeunesse. Mémoires publiés par Paccard. *Paris, Pigoreau*, 1812, 3 vol. in-18, fig., demi-rel. veau fauve.

644. **Le Salon**, le Boudoir, le Théâtre et l'Hospice, par Madame M . (M. Jacques Sagnier). *Paris, Moreau Rosier*, 1830, 2 vol. in-8, demi-vélin vert, non rogn

645. **L'Auberge des Adrets**, manuscrit de Robert Macaire trouvé dans la poche de son ami Bertrand *Paris, Baudoin et Silvestre*, 1833, 4 vol. in-18, fig., cart., non rog. Exemplaire de cabinet de lecture. Piqûres de vers.

646. **Galanteries** d'une demoiselle du monde ou Souvenirs de Mlle Duthé, par l'auteur des Mémoires de la Comtesse Dubarri. *Paris, Ménard*, 1833, 4 vol. in-8, dem.-rel. Exemplaire de cabinet de lecture.

647. **Le Gil Blas au Théâtre**, par Michel-Morin (Chabot de Bouin). *Paris, Dénain*, 1835, 2 vol. in-8 br., couv. impr., 2 front. sur chine par Alfred Albert.

648. **Mémoires** et **Confessions** d'un Comédien par J. E. *Paccard. Paris, Pougin*, 1839, in-8, dem.-chag. rouge, tête jasp., non rog.

649. **Robert-Macaire.** Testament de Robert Macaire. Pensées, Maximes de ce célèbre personnage publiées par Benoits de Matougues. 1840, in-8, cart., non rog. — Robert-Macaire. *Paris, Jules Laisné*, 1840, in-18 br. — L'Auberge des Adrets, histoire véridique de Robert Macaire et de son ami Bertrand. *Paris, à l'Auberge des Adrets, s. d.*, petit in-8, fig. Ensemble 3 vol.

650. **Les Mères d'Actrices**, par L. Couailhac. *Paris, Schwartz et Gagnot*, 1843, 3 vol. in-8 br. (couv déchirée).

651. **Mémoires d'un petit Banc de l'Opéra**, recueillis par *Jacques Arago. Paris, Ebrard*, 1844, in-12, dem.-maroq. à gr long, non rogn. (couv. impr.)
Edition originale.

652. **Chroniques secrètes et galantes de l'Opéra, 1667-1845**, par *G. Touchard-Lafosse. Paris, G. Roux et Cassanet*, 1846, 4 vol. in-8, cart., dos de perc. marron.

653. **Réunion de 6 vol. traitant du Théâtre**, cart. et broch.
Angel. Çà et Là, 1852. — *Fournier.* Aventures d'un comédien. s. d. — *Perceval.* La Pupille du Comédien, s. d — *Gozlan* La Comédie et les comédiens, 1859. — *Dollfus.* Sociétaire, s. d. — *Bonnefois.* La Fille du Forain, 1898.

654. **Réunion de 6 vol. traitant des Comédiens**, in-12 et in-18, cart. et br.
La vie d'une Comédienne par Th. de Banville. 1855. — Les Femmes de Théâtre, par Alph. Lemonnier 1865. — Confidences de Mlle Mars. par Mme Roger de Beauvoir. 1871. — La Comédienne, par Ars. Houssaye 1884 — Isidore Borel ou les Mystères du Théâtre Idalien. Conte chinois. 1884. — Effets de Théâtre, par Maurice Vaucaire 1886.

655. **Mémoires de Céleste Mogador.** *Paris, Libr. nouvelle*, 1858, 4 vol. in-12, dem chagr.

656. **Etudes sur les Comédiens.** 4 vol in-12, cart., dos de percal.
Emile Deschanel. La Vie des Comédiens, Romans, Comédies, Satires, etc.... — *Auguste Lepage.* L'Odyssée d'une comédienne, imité de l'allemand. — *Albert Leroy.* Le Comédien. — *Jules Claretie.* Brichanteau, comédien, couv. cons.

657. **Réunion** de 7 vol. in-8 et in-12 br.
La Filleule d'Arlequin, par *Maximilien Perrin. Paris, de Potter, s. d.*, 2 vol (dos cassés) — Le Comédien à bonne fortune, par Ch. Mosont. *Cournol*, 1863 — *Chanvallon.* Histoire d'un souffleur de la Comédie-Française par Ch Monselet. *Sartorius*, 1872. — Les Confessions de Tulia. par X. de Montépin. *Sartorius*, 1873. — Un Comédien à travers le Monde. par A. Bouvard et Alph. Momas 1re partie dédiée aux villes de Bordeaux et Toulouse. *Paris, Ch. Lambert*, 1883 — Florimond, grand premier rôle. *Paris, Delagrave*, 1891. — Roi de Théâtre, par G. du Vallon. *Paris, Savine*, 1891.

658. **Romans** et **Fictions sur le Théâtre**. 8 vol. in-12 br.
Feydeau (Ernest). Un début à l'Opéra, 1863. — *Hessem* (Louis de). Les confessions d'une comédienne, s. d. — *Badin* (Adolphe). Couloirs et coulisses 1884. — *Wolff* (Albert). La Gloire à Paris 1886. — *Guillemot* (Jules). Florimond s. d. — *Hérault* (Ch. d'). Une Reine de Théâtre, s d — *Méténier* (Oscar). Les Cabots, 1892 — *Richepin* (Jean) La Miseloque, 1893.

659 **Les Courtisanes du Second Empire.** Les Actrices. *Bruxelles*, 1871, in-8, cart., dos de perc. verte, non rog.

660. **Réunion** de 5 ouvrages **sur le Théâtre et les Artistes**
Rose. Splendeurs et misères de la vie théâtrale, par A Cadol. *Dentu*, 1874, in-12, cart. perc., n. rog. — *L'Incendie des Folies Plastiques*, par *Ab. Dreyfus. C. Lévy*, 1886, in-12 cart. — *L'Elève de Garrick*, 1780, par *Aug. Filon. A. Colin, s. d.*, in-12 br — *Le Mime Bathylle*, par Jean Bertheroy. *A. Colin, s. d.* in-12 br. — *La Vedette*, par Yvette Guilbert. *Paris, Simonis Empis*, 1902, in-12, cart, dos de perc. marron, n rog. (couv. cons.). Edit. orig.

661. **Réunion** de 8 vol. sur les acteurs in-12 br.

La Femme du comique, par L. P Laforest. — Florival et Cie, par Samson Cressonnois. *Paris, Ollendorff*, 1887. — Sociétaire, par Paul Dollfus. *Paris, Savine*, 1891. — Gens de chœurs, par Sparafucile. *Bruxelles, Kistemaeckers*, 1893, débroché. — La fille du Régisseur, par Robin Gray. *Paris, Boulanger*, s. d. 2 vol. — Les débuts d'une Etoile par Xavier de Montépin. *Paris, Dentu*, s. d. — Les Planches, par Jean Blaize. s. d. (mouill.)

662 **Les Amours de Gilles**, par *L. Morin*, 178 dessins de l'auteur. *Paris, Kolb*, s. d., in-8, cart. brad., non rog. (couv. cons.)

663. **Histoire comique**, par Anatole France. *Paris, C. Lévy*, s. d., in-12, cart., dos de perc. verte, non rog.

664. **Napoléon et l'Empire racontés par le théâtre** 1797-1899, par L. Henry Lecomte, dessin inédit de L. Vallet *Paris, J. Raux*, 1900, in-8, dem.-chagr. vert poli, dos orné semé d'aigles avec un N couronné, tr. r., non rog.

665. **Toute la troupe**, morsures et caresses par *Henri Sebille*, orné de 125 croquis de *Jack Abeillé*. *Paris, Méricant*, s. d. (vers 1900), in-8, dem.-cart. percaline bleue, tête jasp., non rog.

Ancien Théâtre

667. **Les Œuvres de Plaute**, en latin et en français, traduction nouvelle enrichie de fig., avec des remarques par H. P. De Limiers *Amsterdam* 1719 10 vol. in-12, veau br.

668. **Terentii** (P.). Comœdiæ nunc primum italicis versibus redditæ cum personnarum figuris æri acurate incisis ex Ms. Codice bibliothecæ vaticanæ. *Urbini. H. Mainardi*, 1736, in-4, fig., dem.-v., tr. r.

669. **Théâtre d'Aristophane**, traduit en français partie en vers, partie en prose avec des remarques par M. *Poinsinet de Sivry*. *Paris, Didot*, 1784, 2 vol. in-8 rel. veau.

670. **Théâtre de Sophocle**, traduit en entier, avec des remarques et un examen de chaque pièce : précédé d'un discours par M. de Rochefort *Paris, Nyon*, 1788 2 vol. in-8, dem.-rel. veau.

671. **Théâtre** d'un poète de Sybaris, traduit pour la première fois du grec pour servir de supplément au Théâtre des Grecs (par Delisle de Sales). *Paris*, 1788, 3 vol. petit in-18, dem.-rel bas., tête r., n r.

672 **Comparaison** du théâtre romain avec le théâtre grec par T. Dumersan. *Paris, Imprimerie de J.-B. Sajou*, 1808, in-8 dem.-rel bas. à nerfs, tr. r , mouill.

673 **Fragments** pour servir à l'histoire de la comédie antique. Epicharme, Ménandre, Plaute, par M. *Artaud*. *Paris, A. Durand* 1863, in 8, dem.-chagr., plats en toile.

674 **Le Théâtre des Grecs** par le P. Brunoy, seconde édition complète, revue, corrigée et augmentée de la traduction d'un choix de fragmens des poëtes grecs, tragiques et comiques, par M. Raoul Rochette. *Paris, Cussac*, 1820, 16 vol. in-8, fig., bas. rac.

675. **Les Théâtres d'Automates** en Grèce au IIe siècle avant l'ère chrétienne, d'après les αὐτοματοποιικά d'Héron d'Alexandrie, par M. Victor Prou. *Paris, Impr. Nationale*, 1881, in-4 br.

676. **Aristophane** et l'ancienne comédie Attique, par A. Couat. *Paris, H. Lecène et H. Oudin*, 1889, in-12 br.

677. **La Résurrection** d'un Art. Le Théâtre grec moderne, par Georges Bourdon. *Paris*, 1892, in-8.dem.-perc. bleue. Envoi d'auteur signé.

Auteurs classiques, Spectacles de la Cour, Œuvres et pièces de théâtre d'Auteurs anciens et modernes

---

AUTEURS CLASSIQUES

Editions anciennes et modernes

678. **Œuvres complètes de Beaumarchais.** Nouvelle édition avec une introduction par M. *Edouard Fournier*, ornée de vingt portraits en pied coloriés, dessinés par M. *Emile Bayard*. *Paris, Laplace et Sanchez*, 1876, gr. in-8, dem.-rel. chag. rouge.

679. **Beaumarchais.** La Folle Journée ou le Mariage de Figaro, comédie en 5 actes, par M. de Beaumarchais. *Paris, Ruault*, 1785, in-8, bas. gr., dos orné, non rog.
Edition originale 5 figures de Saint-Quentin gr. par C. N. Malapeau et Roy.

680. **Œuvres de P. Corneille. Théâtre complet**, précédé de la vie de l'auteur par Fontenelle et suivi d'un dictionnaire donnant l'explication des mots qui ont vieilli. Nouvelle édition imprimée d'après celle de 1682, ornée du portrait en pied colorié du principal personnage des pièces les plus remarquables, dessins de M. Geoffroy, secrétaire de la Comédie Française. *Paris, Laplace et Sanchez*, 1877, gr. in-8, dem.-rel. chag. rouge.

681. **Théâtre complet de P. Corneille.** Nouvelle édition précédée d'une notice par M. *Ed. Thierry*, illustrée de dessins en couleur et de fac-simile de gravures du XVIIe siècle. *Paris, Laplace-Sanchez*, 1881, gr. in-8 dem.-rel. chag. rouge.

682. **Corneille.** Le Cid. Horace. Cinna. Polyeucte. Le Menteur, par *Jules Fabre*, portr. — **Racine.** Andromaque. Britannicus. Phèdre.

Thalie. Les Plaideurs, par *Jules Fabre*, portr. *Paris, A. Degorce, s. d.*, ensemble un vol. in-4, dem.-rel. chagr.

683. **Œuvres de J. de La Fontaine**. Théâtre, Fables, Poésies, etc. Nouvelle édition avec une introduction par M. *Edouard Fournier*, ornée de magnifiques dessins en couleur par M. Emile Bayard, T. Johannot, J. David. *Paris, Laplace Sanchez*, 1877, gr. in-8, dem.-rel. chag. rouge

684. **Lesage. Œuvres choisies.** *Amsterdam (Paris*, 1783), 15 vol., fig. de Marillier, veau marbr., ex-libris de M. de Lacépède l'aîné, 1792.

Manque les tomes 2, 3, 5 et 6.
Les quatre derniers vol. comprennent au complet. le *théâtre de la foire ou l'Opéra Comique*.

685. **Œuvres de Marivaux. Théâtre complet.** Nouvelle édition contenant une pièce non encore recueillie, précédée d'une introduction sur la vie et les œuvres de l'auteur par M. Edouard Fournier, ornée de vingt magnifiques portraits en couleur par Bertall. *Paris, Laplace et Sanchez*, 1878, gr. in 8, dem.-chagr. rouge.

686 **MOLIÈRE.** Œuvres de Molière. Nouvelle édition. *Paris*, 1734, 6 vol. gr. in-4, veau marb., dos orné, fil. sur les plats.

1 portr. par Coypel gravé par Lépicié, 1 fleuron sur le titre, 33 figures par Boucher gr. par Laurent-Cars et 198 vignettes et culs-de-lampe par Boucher, Blondel et Oppenort, gr. par Joullain et Laurent-Cars.

687. **Œuvres complètes de Molière.** Nouvelle édition imprimée sur celles de 1679 et 1682, avec des notes explicatives sur les mots qui ont vieilli, ornée de portraits en pied coloriés représentant les personnages de chaque pièce, dessins de MM. *Geoffroy* et *Maurice Sand*, précédée d'une introduction par Jules Janin. *Paris, Laplace et Sanchez*, 1875, gr. in-8, dem.-rel. chag. rouge.

688. **Œuvres complètes de Molière.** Nouvelle édition accompagnée de notes tirées de tous les commentateurs avec des remarques nouvelles par Félix Lemaistre. *Paris, Garnier, s. d.*, 3 vol. in-12, dem.-rel. bas.

689. **Molière** Œuvres complètes. *Paris, Dentu*, 1893, 13 vol. in-24, Portr. et fig., br. (Collection Guillaume).

690. **Molière.** Les Précieuses ridicules. Le Misanthrope. L'Avare. Les Femmes savantes. Le Bourgeois gentilhomme. Le Malade imaginaire, par Jules Fabre. *Paris, A. Degorce, s. d.*, in 4, portr., dem.-rel. chagr.

691. **Bibliothèque de l'Enseignement secondaire classique.** Réunion de 4 vol. in-8, cart. de l'éditeur, fig. et portr.

1° *Molière*. Le Tartuffe, par Henri Mayer. — 2° *Molière*. L'Avare, par Pontsevrez. — 3° *Molière*. Le Misanthrope, par G. Pellissier. — 4° *Molière*. Les Précieuses ridicules, par Gustave Reynier.

692. **Théâtre de L. B. Picard** de l'Académie française. Nouvelle édition précédée d'une biographie de l'auteur par M. Edouard Fournier, ornée du portrait en pied colorié des principaux acteurs qui ont joué l'original. *Paris, Laplace Sanchez*, 1880, gr. in-8, dem.-rel. chag. rouge.

693. **RACINE** Œuvres de Racine. *Paris*, 1760, 3 vol. in-4, veau marb., dos orné.

1 Portrait par Daullé, 3 fleurons sur les titres par de Sève, gravés par

Aliamet, Flipart, Lemire, Lempereur, Sornique et Tardieu, 13 vignettes et 60 culs-de lampe, tous par de Sève, gravés par Baquoy, Flipart et Legrand.

694. **Œuvres complètes de JEAN RACINE** Nouvelle édition ornée de figures dessinées par Lebarbier et gravées sous sa direction *Paris, Deterville. Imprimerie de Didot jeune,* an IV-1796. 4 vol. in-8, fig., maroquin rouge à grain long. dos orné, fil. et encadrements sur les plats, dent. intér., tr. dor.

Portrait par Santerre, gravé par Bacquoy et 12 figures par Lebarbier Exemplaire sur papier vélin *figures avant la lettre* ; avec les légendes sur papier de soie.

695. **Œuvres complètes de Racine.** *Paris, Hachette.* 1864, 3 vol in-4, demi-rel. éb., non rogn.

696. **Œuvres de Jean Racine,** précédées des Mémoires sur sa vie, par Louis Racine. Nouvelle édition ornée du portrait en pied, colorié, des principaux personnages de chaque pièce, dessins de MM. Geoffroy et H. Allouard. *Paris, Laplace et Sanchez,* 1876, gr in-8, demi-chag. rouge.

697. **Œuvres complètes de Regnard.** Nouvelle édition précédée d'une introduction d'après des documents entièrement nouveaux par M. Edouard Fournier, ornée de portraits en pied, coloriés, dessins par MM. Emile Bayard et Maurice Sand. *Paris, Laplace et Sanchez,* 1875, gr in 8, demi-rel. chag. rouge.

698. **Chefs-d'Œuvre dramatiques du XVIIe siècle,** ou choix des pièces les plus remarquables de Regnard, Lesage, Destouches, Beaumarchais, Marivaux, etc., etc. Edition ornée de portraits en pied coloriés, dessinés par M. Geoffroy, et précédée d'une introduction par M. J. Janin. *Paris, Laplace et Sanchez,* 1872 gr. in-8, dem.-rel. chag. rouge.

699. **Shakespeare** Œuvres complètes traduites par *Emile Montégut* et richement illustrées de gravures sur bois. *Paris, Hachette,* 1867. 3 vol. in-4, demi-rel., dos de chagr. vert, tr. jasp.

700. **Théâtre complet de Voltaire,** précédé d'une introduction par *M. Edouard Fournier.* Nouvelle édition ornée de vingt portraits en pied coloriés, dessins de M. Geoffroy. *Paris, Laplace et Sanchez,* 1874, gr in-8, demi-chag. rouge.

Spectacles de la Cour

701. **Recueil** des Fêtes et Spectacles donnés devant Sa Majesté, à Versailles, à Choisy et à Fontainebleau pendant l'année 1770. *De l'Imprimerie de P. R. C. Ballard,* 1770, 2 vol. in-8, mar. rouge, dos orné de fleurs de lys, 3 fil., tr. dor. Reliure ancienne.

Persée, tragédie. — Castor et Pollux, tragédie. — La Tour enchantée, ballet-figuré. — Théonis ou le toucher, pastorale héroïque, etc., etc.

702. **Journal des Spectacles** représentés devant Leurs Majestés sur les théâtres de Versailles et de Fontainebleau pendant l'année 1765. *De l'Imprimerie de Ballard,* 1766. 2 vol. in-8, veau marbr. Armoiries royales sur les plats.

Intermèdes d'amour pour amour — Les Incas du Pérou — Les Indes galantes. — Les Sauvages. — Les Amours des dieux, etc , etc.

Œuvres d'Auteurs et Pièces de Théâtre des XVIe, XVIIe et XVIIIe siècles

704. **Les Tragédies de Robert Garnier**, conseiller du Roy, lieutenant criminel au siège presidial et sénéchaussée du Maine. *A Tholose, par Pierre Jagourt*, 1588, in-12, chagrin rouge, tr. dor., petites piqûres de vers.

705. **L'Escole des Maris**, comédie représentée par Molière pour la première fois à Paris sur le théâtre du Palais Royal, le 24 juin 1661, par la troupe de Monsieur, frère unique du Roy. *Paris*. 1661, in-12, frontispice cart.

706. **La Comédie des Proverbes**. Pièce comique (par Montluc, comte de Cramail). *Paris, Grignard*, 1665. in-18, parch.

707. **L'Amour Médecin**. comédie par J.-B P. De Molière *Amsterdam, Jacques Le Jeune*, 1684, fig. in 18 br.

708. **Nouvelle Moralité** d'une pauvre fille villageoise laquelle ayma mieux avoir la tête coupée par son père, que d'être violée par son seigneur, faite à la louange et honneur des chastes et honnêtes filles, à quatre personnages. *Paris, Simon Caluarin, s. d.*, in-18 cart bradel.

709. **Poisson, comédien aux Champs Elysées**. La Comédie sans femme, par Monsieur D. C. *Paris, Ch. Le Clerc*. 1709, in-18 veau br.

710. **Les Œuvres de Monsieur Dancourt**. Seconde édition augmentée de plusieurs Comédies qui n'avaient point été imprimées ; ornées de figures en taille-douce et de musique. *Paris, P. Ribou*. 1711, 3 vol. in-12, fig., veau fauve, tr. dor. Armoiries sur les plats.

711. **Les Œuvres de Monsieur Palaprat**. Nouvelle édition augmentée de plusieurs comédies qui n'ont pas encore été imprimées ; d'un recueil de Pièces en vers. *Paris, P. Ribou*, 1711, 2 vol. in-12 veau br.

712 **Théâtre Lyrique**, avec une préface, où l'on traite du Poëme de l'Opéra, par M. Le Brun. *Paris, P. Ribou*, 1712, in-12, maroq. citron, dos orn , dent. sur les pl , tr. dor
Reliure ancienne.

713 **Œuvres de M. Campistron**, de l'Académie Française. Nouvelle édition corrigée et augmentée de plusieurs pièces qui ne se trouvent point dans les éditions précédentes. *Paris, Ribou*, 1731, 2 vol in-18, veau br., tr roug.

714 **Le Théâtre de M. Baron**, augmenté de deux pièces qui n'avaient point encore été imprimées et de diverses poésies du même auteur. *Paris, J. Ribou*, 1736, 2 vol. in-12, rel bas.

715. **Théâtre de Messieurs de Montfleury** père et fils *Paris, Compagnie des Libraires*, 1739, 3 vol. in-12 veau.

716. **Œuvres de Monsieur Rivière Du Fresny**. *Paris, Briasson*, 1742, 2 vol. in-12. Portrait et figures de musique, veau marbr.

717. **Les Œuvres de Théâtre de Monsieur Dancourt**. *Paris*. 1742, 7 vol. in 12, veau marb.

718. **Théâtre de Mademoiselle Barbier**. *Paris, Briasson*. 1745, in-18 veau.

719. **Théâtre de Monsieur L'Affichard**. *Paris, J. Clousier*, 1746, in-8, veau. Piqûres de vers à la fin du volume.

720. **Persiflès.** Tragédie en cinq actes *La Haye*, 1748, in-8, cart. dos de perc.

721. **Le Maître de Musique.** La Soubrette maîtresse. — Le Joueur. — La femme orgueilleuse. — La fausse servante. *Paris, Delormel*, 1752, in-18 veau marb., tr. dor.

Texte italien en regard.

722. **Œuvres de Monsieur Boindin** de l'Académie des Inscriptions et Belles-Lettres. *Paris, Prault*, 1753, 2 vol. in-12 veau marbr.

723. **Le Devin du Village**, par J.-J. Rousseau, intermède ; représenté à Fontaine-Bleau, devant le Roy, les 18 et 24 octobre 1752, et à Paris par l'Académie Royale de Musique, le jeudi 1er mars 1753, in-4, demi-rel. veau. Edit. orig (Extrait des Œuvres).

724. **L'Oracle ou le Muphti rasé**, tragi-héroi-politico-comique, traduit de l'arabe. *Constantinople*, 1757, in-8, cart. dos de perc. marron.

725. **Théâtre de M. Fagan** et autres œuvres du mesme. *Paris, Duchesne*. 1760, 4 vol. in-12, portr., veau gr.

726. **Théâtre et Œuvres diverses de Panard.** *Paris, Duchêne*, 1763, 4 vol. in-12, portr., veau marbr., dos orn.

Airs de musique notés.

727. **Œuvres de Théâtre de Mme de Grafigny**. *Paris, Duchesne*, 1766, in-18, veau.

Génie, pure nouvelle en cinq actes et en prose. — *La Fille d'Arstide*, comédie en cinq actes.

728. **Théâtre de M. Anseaume** ou recueil des Comédies, parodies et Opéra-Comiques qu'il a donnés jusqu'à ce jour, avec les airs, rondes et vaudevilles notés dans chaque pièce. *Paris, Vve Duchesne*, 1766, 3 vol. in-8, veau marbr. tr. r.

729. **Œuvres de Théâtre de Philippe Poisson**. *Paris, Vve Duchesne*, 1766, 2 vol. in-12, veau rac.

730. **Théâtre de Poinsinet** ou recueil de Comédies et Opéra-comiques qu'il a donnés jusqu'à ce jour ; avec des airs *Paris, Duchesne*, 1767, 2 vol. in 8 veau br., tr. roug.

731. **Œuvres de Le Grand**, Comédien du Roi. *Paris*, 1770, 3 vol. in-12, veau fauve, tr. r.

732. **Œuvre de Théâtre de Diderot**, avec un discours sur la poésie dramatique. *Paris, Duchesne*, 1771, 2 vol. in-18 veau.

733. **Pièces singulières et curieuses**, relatives aux Lettres d'une fille à son Père, savoir : *la Cigale et la Fourmi, le Jugement de Pâris* avec des réflexions sur l'ambigu-comique Il recule pour mieux sauter, etc... (par Rétif de la Bretonne et autres). *Paris, Humblot*, 1772, in 18, veau br.

734. **Œuvres de Crébillon**. Nouvelle édition corrigée, revue et augmentée de la vie de l'auteur. *Paris*, 1774, 3 vol. in-18, portr., veau.

735. **Le Vuidangeur** sensible, drame en trois actes et en prose, par M*** (par P. *Nougaret* et J *Marchand*). *Paris, J. F. Bastien*, 1777, in-8, dem.-veau fauve, tête r . non rog.

736. **Théâtre complet de Mercier**, avec de très belles figures en taille-douce d'après Fritzfchius. *Amsterdam, Vlam*, 1778, 3 vol. in-8, dem. rel. veau à coins, non rogn

737. **Œuvres complètes de M. De Saint Foix**, Historiographe des ordres du roi *Paris, Vve Duchesne*, 1778, 6 vol. in-12, dem.-rel.

738. **Amadis de Gaule**, tragédi-opéra en trois actes (par M. Quinault), représentée pour la première fois par l'Académie nationale de Musique le vendredi 10 déc. 1779. *Paris, P. de Lormel*, 1779, in-4, veau, couv. dorée conservée. Edition orig.

739. **Les Après-Soupers de la Société**. Petit Théâtre Lyrique et Moral sur les Aventures du jour. *Paris, chez l'auteur*, 1783, 6 vol. in-16, fig. et planches de musique, cart., non rog.

Charmantes figures de Eisen et Martinet.

740. **Recueil** de pièces dialoguées ou guenilles dramatiques ramassées dans une petite ville de Suisse par l'auteur de Camille, Laure, etc. *Genève, F. Dufart et Paris, Moutard*, 1787, 2 tom. en un vol. in-8, cart., dos de perc., non rog

741 **Récueil de 4 pièces** en 1 vol. in-4, vélin vert.

Alexandre aux Indes, opéra, 1783. — Phèdre, tragédie lyrique, 1787. — Penelope, tragédie lyrique, s. d. — Œdipe à Colone, opéra, 1787.

742. **Farces, Moralités**, réimpression de pièces rares publiées par Téchener. 6 vol. in 8, cart., non rogn.

Le Pélerin passant. — Enuye, estat et simplesse. — Les Trois galans. — La Femme et le Badin. — Jehan de Lagny et Messire Jehan. — Le Lazare.

743. **Farces, Moralités**. Réimpression de pièces rares publiées par Téchener 9 vol in 12, cart., non rog.

Les bâtards de Caulx. — La Réformeresse. — Sœur Fesne. — Les Poures Deables. — La Farce des Brus. — Le Médecin et le Badin. — La Farce des veaulx. — L'Église et le Commun. — Monologue de Mémoyre.

744. **La Prévention Nationale**, action adaptée à la scène avec deux variantes et les faits qui lui servent de base, par *N. Rétif de La Bretonne. A La Haie (Paris*, 1784), *chez Regnault*, 3 tomes en 2 vol. in-12, dem. maroq à grain long, absolument non rog.

10 jolies figures en belles épreuves.

745 **Théâtre de M. De Piis** et **M. Barré**. *Londres*, 1785, 2 vol. in-18, tr. dor. (Cazin)

746. **Le Bienfait Anonyme**, comédie en trois actes, en prose, dédiée à la ville de Bordeaux, par M. Joseph Pilhes *Paris, Cailleau*, 1785, in-8, rel. veau marbr., tr dor. Bel exemplaire.

747. **Théâtre de Quinault**, contenant ses tragédies, comédies et opéra. *Paris, Duchesne*, 1778, 5 vol. in-12, veau marbr., dos orn.

748. **Mathieu** ou les **Deux Soupers**, comédie en trois actes en prose, mêlée d'ariettes, représentée devant leurs majestés à Fontainebleau. *Paris, Ballard*, 1783, in-8 cart., dent. sur les plats, aux armes royales.

749. **Œuvres complètes de Vadé** ou recueil des opéra-comiques parodies et pièces fugitives de cet auteur, avec les airs, rondes et vaudevilles *Londres*, 1784, in-18, portrait, bas. rac.

750. **Théâtre d'un Amateur** (par de Dampierre de La Salle). *Paris, Vve Duchesne*, 1787, 2 vol. in-18, veau, fil. sur les pl., dos orn.

751. **Castor et Pollux.** Tragédie-opéra en cinq actes, représentée pour la première fois sur le théâtre de l'Académie Royale de Musique, le mardi 14 juin 1791 (Prix xxx sols). Paroles de Bernard, musique de Candeille. *Paris, P. De Lormel*, 1791, in-4, demi-rel. bas. à nerfs, tr. r.

752 **Œuvres dramatiques de Crébillon**, précédées d'un essai sur la vie et le théâtre de l'auteur par C. M. J. *Paris, Huet*, 1796, in-8, veau fauv., dos orn., tr. dor.

Œuvres d'Auteurs et Pièces de Théâtre du XIXe siècle.

754. **Théâtre choisi de Favart.** *Paris, L. Collin*, 1809, 3 vol. in-8 br.

755 **Théâtre de Fabre d'Eglantine**, député à la Convention Nationale. *Paris*. 1810. in-8, rel. bas.

Le Collatéral. — Le Présomptueux. — Le Philinte de Molière, etc. Ensemble 7 pièces.

756. **Œuvres choisies de P. Laujon**, contenant ses pièces représentées sur nos principaux théâtres, sur ceux des Provinces, des fêtes publiques, etc. *Paris, Patris*, 1811. 3 vol. in-8, demi-rel. bas.

757. **Théâtre de M. J. de Chénier**, précédé d'une notice.—Théâtre posthume de M J. de Chénier, précédé de considération sur la liberté du théâtre en France. — **Poésies diverses.** Recueil contenant plusieurs pièces qui n'ont pas encore été publiées. *Paris, Beaudoin et Maradan*, 1818, 4 vol. in-8, demi-mar. r. à grain long, dos orné, reliure de l'époque. Le portrait manque.

Exemplaire de M. *Jacques Laffitte* dont chaque volume porte l'ex-libris.

758. **Œuvres choisies de Favart.** *Paris, Lecomte*, 1830, 3 vol. in-18, demi-rel.

759. **Théâtre de Clara Gazul**, comédienne espagnole (par Mérimée). *Paris, Fournier*, 1830, in-8, cart. non rogn.

Edition originale, bel exemplaire.

760. **Othello**, de **Shakspeare**. 12 dessins de *Ruhl*, grav. à l'eau-forte. *Paris*. 1832. — **Marion Delorme** par *Victor Hugo*, 8 planches de Branche. *S. l. n. d.* Ensemble 2 vol. in-18 obl., cart., dos de perc.

761. **Angèle**, drame en cinq actes par *Alexandre Dumas. Paris, Charpentier*, 1834, in-8, demi chagr. à coins, tête dor., ébarb Mouill. et piq.

Avec le frontispice de Célestin Nanteuil. Edition originale.

762 **Les Etapes de Gutemberg** Comédie en 4 actes avec chants pour jeunes gens, par Louis Leriche, illustrations de F. Fau et A. Humbert, trois morceaux de musique dont un composé par Augusta Holmès. *Paris, Dentu*, 1839. in-4, demi-bas. Mouill.

763. **Distributions de rôles**, par emplois avec les noms des créateurs des rôles. Manuscrit du Comédien Ch. Pougin, vers 1840, en un vol. petit in-4, cart.

Titres des pièces : *Gustave III*, 27 février 1833. — *Le Maître de Chapelle.* — *Le Bouffe et le Tailleur.* — *L'Ambassadrice.* — *Les Demoiselles de Saint-Cyr.* — *Ecole des Vieillards*, etc , etc.

764. **Choix de petits drames**, en prose et en vers, recueillis et arrangés pour les distributions des prix et les fêtes de famille, par M. P. Poitevin. Scènes et dialogues. *Paris, L. Hachette*, **1841**, in-18, dem.-bas.

765. **Les Mousquetaires**, drame en cinq actes et douze tableaux, précédé de l'*Auberge de Béthune*, prologue par MM. Dumas et Maquet. *Paris, Marchant*, **1845**, gr. in-8 br., couv. impr. Edition originale. Bel exempl.

766. **Réunion** de 9 vol. de pièces de Théâtre, in-4 et in-12, rel. et br.

Fallir, ou les Mystères du siècle, par A. Pezzani. *Paris*, 1847. — *Théâtre Impossible*, par E About. *Paris*, 1862. — *Don Juan* converti, par D. Laverdant. *Paris, Hetzel, s. d.* — *Le Monde est un théâtre*, par E du Méril. *Paris*, 1874. — *La Comédie de l'Apôtre*, pa· Champfleury. *Paris*, 1886. – *Théâtre de la Rue.* — *La Plèbe*, par A Miraoaud. *Paris*, 1899 etc.

767. **Réunion** de 7 vol. de pièces de Théâtre, in-12, rel. et br.

Œuvres de M. et Mme *Favart*, par *L. Gozlan*. *Paris, Didier*, 1853. — Théâtre de G. Sand. *Paris, Lévy*, 1860 (1re série). – Théâtre complet d'*Armand Barthet*. *Paris*, 1861. — Théâtre complet de *Saintamand*. *Paris*, 1867 — Drames et comédies, par *E. Serret*. *Paris*, 1866. — Etudes dramatiques, par A. *Barbier*. *Paris*, 1874. — Théâtre, par *Rachilde*. *Paris*, 1891,

768. **Théâtre scientifique.** Electricité. *Galvani*, drame en cinq actes suivi de notes scientifiques, par M. Andraud. *Paris, Guillaumin*, 1853, in-8, port., cart., mouill.

769. **Théâtre** de *J. F. Bayard*, précédé d'une notice par M. Eugène *Scribe*. *Paris, Hachette*, **1855-58**, 12 vol. in-12, dem.-bas.

770. **Clairville et Lambert Thiboust.** Les Enfants terribles, scènes de Gavarni, mêlées de couplets, en deux actes. *Paris, Michel Lévy*, **1856**, in-12, cart.

Envoi d'auteur signé : autographe de Lambert de Thiboust et pièce de vers signée de l'auteur.

771. **Drames et poèmes**, par *Julien Baillière*. *Angers* et *Paris, Dentu*, 1859, in-12, dem.-chag., pl. toile, tr. dor., marque du lycée de Sens sur un plat.

772. **Théâtre complet de Madame Marie de Solms.** *Chambéry*, 1860, in-8, dem.-rel., portr.

773. **Les Commentaires de César**, revue de l'année, en deux actes, par le marquis de Massa, représentée les 23 et 27 novembre 1865 sur le théâtre du Palais de Compiègne. *Paris, Vallée*, **1865**, in-12, dem.-maroq. gr., tête dor., non rog., non mis dans le commerce.

774. **Morgane**, drame en cinq actes et en prose, par Auguste *Villiers* de l'*Isle Adam*. *Saint-Brieuc*, 1866, in-8 br. Edit. originale. Envoi d'auteur signé. La couverture est légèrement tachée.

775. **Théâtre choisi** de *F. A. Duvert. Paris, G. Charpentier*, 1877, 6 vol. in-12, dem.-rel. parchemin blanc.

776 **Le Théâtre inédit du XIVe siècle**, recueil de pièces de divers auteurs, précédé d'une introduction de l'éditeur et orné de 13 magnifiques eaux-fortes par MM. *Teyssonnières, Toussaint, Lallemand* et *Gaujean*, d'après les dessins de M. H. Allouard. *Paris, Laplace Sanchez*, 1877, gr. in-8, dem.-rel. chagr. rouge.

777. **Théâtre de Campagne**. Recueil de pièces par MM. E. Labiche, G. Droz, E. Gondinet, A. Theuriet, H. Meilhac, A. Daudet, H. Normand, etc., etc. *Paris, Ollendorff*, 1882, 8 vol. in-12 br.

Le dos du tome 1er est cass., érafl. à la couv. et au titre du tome 5e.

778. **Dumas fils** (A.). Notes pour les tomes I-VI du Théâtre complet d'Alexandre Dumas fils de l'Académie française. *S. l. n. d (Paris, L. Conquet*, 1882). 2 vol. in-8 br.

779. **La Farce de Maitre Pathelin**, comédie du Moyen-Age arrangée en vers modernes par Georges Gassies des Brulies, avec seize compositions en taille-douce hors texte, par *Boutet de Monvel. Paris, Delagrave*, s. d., gr. in-8 br.

780. **Théâtre mystique** de *Pierre du Val* et des libertins spirituels de Rouen au XVIe siècle, publié avec une introduction par Emile Picot *Paris, D. Morgand*, 1882, in-16 br.

781. **Le Théâtre sous le Chêne**, par *Ernest Prarond. Paris, A. Lemerre*, 1883, in-12, cart., dos de perc., tête jasp., non rog.

782. **Fournel** (Victor). Petites comédies rares et curieuses du XVIIe siècle, avec notes et notices. *Paris, Quantin*, 1884, 2 vol. in 12 dem.-perc. verte, ébarb., non rogn.

783. **Enguerrande**, poème dramatique, par *Emile Bergerat*, précédé d'une préface par *Th. de Banville. Paris, Frinzine*, 1884, in-4, portr. et fig., dem.-chagr., tête dor., non rog.

784. **Ours et Fours**. Théâtre en chambre, par *Emile Bergerat* ; préfaces et études dramatiques. *Paris, Dentu*, 1886, 2 vol. in-8 cart., dos de percal., non rogn.

785 **Les Bohémiens**. Ballet lyrique en 4 actes et 9 tableaux. *Paris, Dentu*, 1888, in-8, fig., br , couv. illustr.

786. **Le Journal**. Saynète de *Théodore de Banville*, 6 novembre 1889. Feuilleton d'un journal de l'époque monté et collé sur papier bleuté en un vol., cart. dos de percaline marron.

787. **Policière** (La), pièce en 6 actes de MM. Montépin et *J. Dornay*. Décembre 1889. Gravures et articles de journaux concernant cette pièce, collés sur 10 feuilles de papier bleuté en un album in-fol. obl., cart. dos de percal.

788. **Le Théâtre libre** illustré par *Rodolphe Darzens*, dessins de L. Métivet, préface de *J. Aicard. Paris, Dentu*, 1890, gr. in 8, fig., br.

789. **Théâtre complet de Ferdinand Dugué** *Paris, C. Lévy* 1891. 10 in-12, cart dos de percaline grise, tête jasp., non rog.

790. **La Lutte pour la Vie**. Pièce en 5 actes et 6 tableaux par M.

Alphonse Daudet. Recueil de feuilletons d'un journal illustré montés et collés sur papier bleuté en un vol. in 4, cart. dos de perc. marr.

791 **Théâtre choisi d'Eugène Labiche**. La Grammaire. — L'Affaire de la rue de Lourcine. — La Poudre aux yeux. — La Cigale chez les fourmis. — Les deux timides — Embrassons-nous Folleville ! Préface de Edouard Pailleron, illustrations de S. Arcos. *Paris*, *C. Lévy*, 1895, in-4, dem.-rel., dos de chagr. orné et mosaïqué, tête dor., non rog. (Couv.)

792. **Pour la Couronne**, drame en cinq actes en vers, par *François Coppée*, représenté pour la première fois sur le théâtre national de l'Odéon, le 19 janvier 1895. *Paris*, *Lemerre*, 1895, petit in-4 br. couv. impr.

Edition originale. Envoi d'auteur signé.

793. **Le Prince de Byzance**. Drame romanesque en cinq actes par *Péladan*. *Paris*, *Chamuel*, 1896, in-8, dem.-perc. roug. ébarb., non rogn.

794. **L'Aiglon, drame par Edmond Rostand**. *Paris*, *Charpentier*, 1900. Edit. orig. — **L'Aiglon** en images, par *J. Grand-Carteret*, avec 140 reproductions de portraits et estampes. *Paris*, *Charpentier et Fasquelle*, 1901. Ensemble 2 vol. in-8, dem.-chagr. vert poli, dos orné d'N couronnés, tête dor., non rog.

795. **Association** amicale des enfants du Nord et du Pas-de-Calais *La Betterave*. Représentation extraordinaire au théâtre national de l'Opéra-Comique. 9 décembre 1901 (en matinée). *Lille*, *Danel*, *s. d.*, gr. in-8, fig., br., couv. illustrée.

796. **Les Avariés**, pièce en trois actes, interdite par la censure, par *Brieux*. *Paris*, *Stock*, 1902, in-12 br. Edit. orig.

Recueils de pièces de Théâtre

Répertoire ancien et moderne. Pièces de théâtre des XVIIIe et XIXe siècles. Pièces révolutionnaires sur Napoléon, la Restauration. Pièces classées par théâtre. Revues de fin d'année, etc.

797. **Théâtre du XVIIIe siècle**. 5 vol. sur le Théâtre, in-8 et in-18, rel.

Théâtre édifiant ou tragédies tirées de l'Ecriture Sainte, par M. *Duché*. *Paris*, *Duchesne*, 1757. — *Essais dramatiques à l'usage des Théâtres de Société* S. d. — La Folle journée ou le Mariage de *Figaro*, par Beaumarchais. *Paris*, *Ruault*, 1785. — *Théâtre de Demoustier*. *Paris*, *Renouard*, 1804, 2 vol.

798. **Théâtre du XVIIIe siècle**. 5 vol. in-8, rel.

Ecole dramatique de l'Homme, par M. *de Moissy*. *Paris*, 1770. — Œuvres de *Rochon de Chabannes*. *Paris*, *Vve Duchesne*, 1776. — Théâtre d'*Arnaud* (5 pièces). *Paris*, 1803, 2 vol, fig. — Théâtre de *Demoustiers*. *Paris*, *Renouard*, 1804.

799. **90 Pièces de Théâtre**, du XVIIIe siècle, format in-8, cart. et br.

800. **80 Pièces de Théâtre**, du milieu et de la fin du *XVIIIe siècle*, format in-8 br.

801. **Prologues et A-Propos.** Années 1774-1778. 95 pièces de format in-12 et in-8 en 3 cartons.

802. **Recueil de 70 pièces de Théâtre.** Comédies, Tragédies, Drames. De 1776 à 1820, reliées en 16 vol. in-8, dem.-bas.

803. **Recueil de 8 pièces**, Tragédies et Comédies lyriques, contenues en un vol. in-8, veau brun, mouillures.

1° *Panurge* dans l'isle des Lanternes, comédie lyrique. 1785. — 2° *Pénélope*, tragédie lyrique en trois actes. 1787 — 3° *Les Pommiers et le Moulin*, comédie lyrique en un acte. 1790. — 4° *Les Prétendus*, comédie lyrique. 1789. — 5° *Renaud*, tragédie lyrique 1783 ; etc., etc.....

804. **Théâtre Révolutionnaire.** Réunion de 6 pièces in-8 cart. et broch.

1° *Le Souper des Jacobins*, comédie 2° Il faut un état, ou la revue de de l'an, six proverbes 3° *Beaurepaire*, tragédie. 4° *Robespierre* ou le 9 Thermidor, drame. 5° *Camille Desmoulins*, drame historique. 6° *Theroigne* et *Populus*, drame national.

805. **Pièces de Théâtre**, parues de 1789 à 1792. 12 pièces in-8 br. et dérel.

L'Année 1789 ou les Tribuns du Peuple, par N. De Bonneville. — *Le Réveil d'Epiménide* à Paris, comédie en un acte par M. *De Flins*. — *Nicodème* dans la Lune ou la révolution pacifique, folie en prose et en trois actes, mêlée d'Ariettes et de Vaudevilles, par le *Cousin-Jacques*. — *Mirabeau aux Champs-Elysées*, comédie, par Mme *de Gouges*. - *Louis XII*, tragédie, dédiée à la garde nat. par *Ronsin*. — *La Journée des Dupes*, pièce tragi-politi-comique. — *Colas* ou le Fanatisme, drame, par Lemierre d'Argy. — *Le club des bonnes-Gens* ou le curé français, par le *Cousin Jacques*, etc., etc. .

806. **Pièces de Théâtre sur la Révolution**, parues en 1793. 11 pièces cart. et non rel. (rares).

L'Ami du Peuple ou les Intrigans Démasqués. — *La Prise de Toulon*, Tableau Patriotique. — *L'Heureuse Décade*, divertissement patriotique, par Barre. — *Le Modéré*, comédie en un acte par le citoyen *Dugazon*. — *L'Ami des Lois*, comédie en cinq actes, par le citoyen *Laya*. — *Rose* et *Aurèle*, comédie, par le citoyen *Picard* — *Le Jugement dernier des Rois*, prophétie en un acte, en prose par *P. Sylvain Maréchal*, cette pièce est devenue fort rare. — *Le Siège de Lille* ou Cécile et Julien, comédie, par *Joigny* — *La parfaite égalité ou les Tu et les Moi*, par le citoyen *Dorvigny*. — *Les Peuples et les Rois ou le Tribunal de la Raison*, par le citoyen *Cizos-Duplessis*.

807. **Pièces de Théâtre** parues en 1794. 6 pièces format in-8, non rel. (rares).

L'Ami du Peuple ou la Mort de Marat, fait historique en un acte, suivie de sa pompe funèbre, par le citoyen *Gassier*. — *St-Amand*, pièce *rare et curieuse*. — *Le club des Bonnes Gens* ou la réconciliation, comédie en vers et en deux actes, paroles et airs du *Cousin Jacques* — *Paméla ou la vertu récompensée* comédie en cinq actes, en vers par le citoyen *François* de Neuchatel. — *L'Intérieur des comités* révolutionnaires ou les tristesses modernes, comédie en prose par le citoyen *Ducancel*. — *Collot dans Lyon*, tragédie en vers et en cinq actes dédiée aux Membres de la convention par M. *Fonvielle*. — *L'Ecolier en Vacances*, comédie en un acte et en prose, par *Picard*.

808. **Pièces de Théâtre** parues dans les années 1795 à 1803. 9 pièces non rel.

Le Véritable Ami des Loix ou le Républicain à l'épreuve, par la citoyenne Villeneuve. — *Les Réclamations contre l'Emprunt Forcé*, comédie épisodique, par le citoyen *Dorvigny*.— Les *Suspects* et les *Fédéralistes*, vaudeville en un acte par le c. *Alphonse Martinville*. — La *Pauvre Femme*, comédie par le citoyen *Marsollier*. — La *Perruque Blonde*, comédie par *Picard*. — Les *Suspects*, comédie en un acte, mêlée d'ariettes, par *Picard* et *Duval*. — *Elize dans les Bois*, fait historique du 14 Thermidor, comédie par *Ségur* le jeune. — *Il faut un Etat* ou la Revue de l'an six, par *Leger*. — *Le Mariage du Capucin*, comédie par Pelletier Volmeranges.

809. **Théâtre de l'Hermitage de Catherine II,** impératrice de Russie, composé par cette princesse, par plusieurs personnes de la société intime, et par quelques ministres étrangers. *Paris, Buisson*, 1798, 2 vol. in-8, veau, portr.

Ces pièces ont été composées en langue française et représentées par les acteurs français, sur le théâtre particulier de l'Impératrice, appelé l'Hermitage, devant cette princesse et sa société intime, à la fin de 1787 et dans l'hiver de 1788.

810. **Napoléon.** Réunion de 10 br. in-8.

Le Petit Voyage du grand homme ou l'itinéraire de Bonaparte à l'Ile d'Elbe. *Lyon*, 1814. — Précis historique sur Napoléon Bonaparte. *Paris*, 1814 — Anecdotes curieuses sur Buonaparte. *Paris, Schoell*, 1814. — Itinéraire de Buonaparte depuis son départ de Doulevent, etc., etc.

811. **Pièces de Théâtre** sur Napoléon Ier et l'Empire, 20 pièces parues de 1797 à 1814, format in-8 cart. et dérel (Rares)

Le Retour du soldat de l'Armée du Rhin ou la Fête de la Paix au village par *J. G. Légal. Lalande*, 1798. — *Les Français à Cythère*, comédie par les C. C. *Chazet, Creuzé* et *E. Dupaty*. — *La Girouette de Saint-Cloud*, impromptu par les C. C. Barré, etc. — *Enfin nous y voilà*, divertissement par les auteurs des Dîners du Vaudeville. — *La Bonne nouvelle* ou le Bouquet à Bonaparte, par *J. Curmer*. — *Trasibule*, cantate cénique. — *Le Mariage des Grenadiers* ou l'auberge de Munich, comédie par L. Picard. — *Le Pont d'Arcole*, tableaux historiques par Delatouliniere, 1810. — *Prologue de l'Union de Mars et de Flore* en prose, mêlé de couplets par MM. *Brazier* et *Théodore*. — *Le Siège de Dantzik*, tableaux militaires et historiques à grand spectacle. — *Le Berceau*, par *Guilbert-Pixerécourt*, etc., etc.

812. **Pièces de Théâtre relatives à la Restauration** parues de 1816 à 1825, 11 pièces cart. ou non rel.

L'Impromptu de Provence, scènes villageoises. — *La Fête de Henri IV*, comédie en un acte et en vers libres par le *Chevalier de Rougemont*. — *Le Dix-sept juin* ou l'heureuse journée, à-propos en un acte par *Desaugiers* et *Gentil*. — *Le Retour des Lys ou Minerve Protectrice de la France*, pièce lyrique par *Demonvel*. — *Répétition d'une fête villageoise*, pour le passage de Monseigneur le comte d'*Artois*, par un auteur de cette ville. — *Le Baptême du Village* ou le Parrain de circonstance, vaudeville en 1 acte par MM. *Gentil, Fulgence*, etc. — *Le Huit Juillet* ou les trois fêtes pour une, par MM. *De Lespine*. — *Les Bourbons* ou le Triomphe de la légitimité et naissance de S. A. R Mgr le duc de Bordeaux.

813. **Le Théâtre d'Autrefois**, chefs-d'œuvre de la littérature dramatique. *Paris*, 1842, 3 vol. in-8, dem.-rel. Une page enlevée au tome 1er

Réimpression de pièces de théâtre des XVIIe et XVIIIe siècle.

814 **Pièces de Théâtre** Suite de 330 pièces environs du *commencement du XVIIIe siècle*. 1800 à 1830, rel. en 31 vol. in-8, dem.-bas

Pantomimes, Drames, Mélodrames, Vaudevilles, etc.

815. **Pièces de Théâtre de la fin du XVIIIe siècle** et du commencement du XIXe. Ensemble 20 pièces in 8, cart et br.
Sur Cadet-Roussel, 10 pièces. — Sur Madame Angot, 4 pièces. — Sur Jocrisse, 6 pièces.

816. **Réunion** de 150 pièces de Théâtre de la fin du XVIIIe et du commencement du XIXe siècle en 23 vol. in-8, dem.-rel.

817. **Pièces de Théâtre sur les Acteurs et Actrices et sur le Théâtre en général**, 90 pièces de format in-12 et in-8, en deux cartons.
Pièces publiées et jouées de 1800 à 1865.

818. **Théâtre du commencement du XIXe siècle**. 5 vol. in 8 et in-18 br. et rel
Les Clefs de Paris ou le Dessert d'Henri IV, par MM. Theaulon et Arbois de Bournonville. *Paris*, 1814 — *Théâtre de Pigault-Lebrun*, *Paris*, *Barba*, 1818. — *Proverbes romantiques* par Romieu. *Paris*, *Ladvocat*, 1827. — *Esquisses dramatiques*, par le Vte de Bordesoulle. *Paris*, 1837 — Comédies, Fables et Contes, par Ch. Chalumeau. *Paris*, *Barba*, 1824.

819. **Réunion** de 220 Pièces de Théâtre du commencement du XIXe siècle Format in-8. cart. et br.

Répertoire des Théâtres de Paris. Recueils de pièces.

820. **Théâtre de l'Ambigu Comique** 1817 à 1851, 56 pièces en 5 cartons.

821. **Théâtre de l'Ambigu**. Petit format. 1782 à 1837, 60 pièces en 4 liasses.

822. **Théâtre du Cirque Olympique**. 1804 à 1851, 5 pièces en 1 carton.

823. **Théâtre du Cirque et Théâtre National, Ancien Cirque**, 1834-1855, 24 pièces en 3 cartons.

824. **Théâtre des Comédiens Italiens**. 1738 à 1815, 13 pièces en 2 cartons.

825. **Théâtre Comte**. Recueil de 20 pièces jouées à ce théâtre, 1827-1844. 4 vol. in-18, rel. demi-toile.

826. **Théâtre de la Rue Favart**. 1798 à 1803, 3 pièces en un carton.

827. **Théâtre Feydeau**. 1796 à 1802, 4 pièces en un carton.

828. **Théâtre des Folies-Dramatiques** 3 pièces jouées à ce théâtre, 1831-1837, en un cart.

829. **Théâtre des Folies-Dramatiques**. 1831 à 1860, 40 pièces en 2 cartons.

830. **Théâtre Français**. Petit format. 1636 à 1832. 25 pièces en 3 cartons.

831. **Théâtre Français.** 1662 à 1854. 61 pièces en 4 cartons.

832 **Répertoire du Théâtre Français,** avec des commentaires par Voltaire, L. Racine, La Harpe, Luneau de Boisjermain, d'Olivet, Palissot, Geoffroi, etc., avec des remarques de Molière, Le Kain, Baron, Molé, etc., et des notices sur les auteurs et acteurs célèbres, par L.-B. Picard et J. Peyrot. *Paris Duprat*, 1826, 4 vol. in-8, dem.-v. bleu. Edition très bien imprimée en caractères microscopiques.

Théâtre de premier ordre, 2 vol. — Théâtre de second ordre, 2 vol.

833 **Théâtre de la Gaîté.** Recueil de 33 pièces, vaudevilles, comédies, folies, impromptus, etc., en 2 vol. in-8, dem.-veau à grain long, dos orné avec attributs.

Les Amours de Montmartre, comédie, 1798. — La famille des jobards, vaudeville, 1808 — Monsieur et Madame Denis comédie, 1809 — Haine aux petits enfants, 1808. — Le Fou supposé, comédie, 1803. — Le Siège de la Gaîté, pièce d'inauguration et allégorique, 1808. — Les Malins, vaudeville grivois, 1808 — Le Présent ou l'heureux quiproquo, comédie — Le Réveil du Charbonnier, comédie, 1788. — Le Lovelace de la Halle, folie poissarde, 1809. — Les quatre Adam, folie, 1809, etc., etc.

834. **Théâtre de la Gaîté.** Réunion de 75 pièces jouées sur ce théâtre de 1796 à 1850, en 9 cartons

835. **Théâtre du Gymnase-Dramatique.** Réunion de 35 pièces jouées à ce théâtre, de 1821 à 1837, en 3 cartons.

836. **Théâtre du Gymnase Dramatique.** 1822 à 1857, 51 pièces en 4 cartons.

837. **Théâtre de l'Impératrice.** 1807 à 1812, 7 pièces en un carton

838. **Théâtre des Jeux Gymniques.** 1810. 7 pièces en un carton.

839 **Théâtre de Louvois.** 1803 1804. 2 pièces en un carton.

840. **Théâtre de Madame.** 30 pièces

841. **Théâtre Molière.** *Théâtre des Amis des Arts.* 3 pièces en un cart.

842. **Théâtre de l'Odéon** 14 pièces petit format. 1801 à 1846, en 3 cart.

843. **Théâtre de l'Odéon.** 1814 à 1849. 28 pièces en 3 cartons.

844. **Opéra.** Tragédies représentées au théâtre de l'Académie de Musique de 1743 à 1799. 12 pièces in-4, br. et rel.

Roland, tragédie, 1743. — *Les Augustales*, divertissement, 1744 — *Castor et Pollux*, tragédie, 1764. — *La Reine de Golconde*, opéra, 1772. — *Iphigénie en Tauride*, tragédie, 1779, etc., etc.

845. **Opéra.** 1831 à 1858. 13 pièces en 2 cartons.

846 **Théâtre de l'Opéra-Comique.** 1746 à 1825. 243 pièces in-8, cart. et br. en 30 cartons.

847. **Opéra-Comique.** 1761 à 1863. 88 pièces en 4 cartons.

848. **Théâtre de la Porte Saint-Martin.** 1801 à 1833 46 pièces en 5 cartons.

849. **Théâtre de la Porte Saint-Martin.** Réunion de 50 pièces jouées à ce Théâtre de 1806 à 1849, en 5 cartons.

850. **Théâtre du Palais-Royal.** Réunion de 11 pièces jouées à ce Théâtre de 1831 à 1836, en 2 cartons.

851. **Théâtre du Palais-Royal.** Recueil de 114 pièces du répertoire de l'ouverture de ce théâtre 1831 à 1844, en 4 vol. in-8 cart., demi-toile rouge, ébarb.

Recueil peu commun, la plupart de ces pièces sont en éditions originales ; on a ajouté quelques figures hors-texte concernant diverses pièces et qui en font un très curieux exemplaire.

852. **Théâtre du Palais-Royal.** 1832 à 1857. 70 pièces en 4 cartons.

853. **Théâtre des Variétés Amusantes — Théâtre de la Cité Variétés — Théâtre Montansier Variétés.** Réunion de 30 pièces jouées à ces Théâtres de 1779 à 1807, en 4 cartons.

854. **Théâtre du Vaudeville.** Réunion de 56 pièces jouées à ce Théâtre de 1795 à 1846, en 3 cartons.

855. **Théâtre des Variétés.** 1795 à 1857. 72 pièces br., en 3 cart.

856. **Théâtre des Variétés** (*Boulevard Montmartre*). Réunion de 48 pièces jouées à ce théâtre, de 1807 à 1835, en 5 cartons.

857. **Théâtre du Vaudeville,** an II à 1830. 43 pièces en 4 cartons.

858. **Théâtre du Vaudeville** 1809 à 1828, 8 pièces petit format en un carton.

859. **Théâtres divers.** Réunion de 55 pièces de théâtre jouées de 1830 à 1850 sur les théâtres Saint Marcel, Délassements Comiques, Panthéon, Beaumarchais, Théâtre Historique, de la Renaissance, Nouveautés, en 7 cartons.

860. **Théâtres de Province.** Réunion de 8 pièces, 1838 à 1877, en un cart.

861. **Répertoire dramatique.** *Bruxelles,* 1826 et années suivantes 37 vol. in-24 dem. rel.

Collection renfermant environ 250 pièces françaises : comédies vaudevilles, comédies d'union vaudevilles, etc.

862. **Magasin théâtral.** 200 pièces en 5 vol. gr. in-8, dem.-rel

Période de 1830 à 1840.

863. **Réunion** d'environ 350 pièces de théâtre du *Magasin théâtral.* Répertoire de Beck Marchant, format gr. in-8, rel. et br.

864. **La France dramatique** au XIXe siècle. *Paris, Tresse,* 1841. Suite d'environ 600 pièces de théâtre en 24 vol. gr. in-8, dem.-rel.

865. **Réunion** d'environ 150 pièces théâtre moderne format in-12 br

866. **Réunion** d'environ 50 pièces de théâtre, auteurs modernes, format in-8, br. et rel.

867. **Recueil de 322 pièces de théâtre.** Répertoire moderne des divers théâtres Parisiens ; beaucoup sont en éditions originales ; rel. en 40 vol. in-12, demi-rel

A. Glatigny. Prologue pour l'ouverture du théâtre des Délassements comiques, 1867. *Edition orig.* — *A. Glatigny.* Vers les Saules, comédie, 1870 *Edition originale.*

J. Aicard. Au Clair de la Lune. 1870. *Edition originale.*
E. Carjat. La Leçon de Jeanne. 1872. *Edition originale.*
P. Berthon. Les Jurons de Cadillac. — *A. Daudet et P. Elzear.* Le Nabab. *Edition originale.*
A. Dumas. Le Gentilhomme de la Montagne. — *G. Richard.* La Vie infernale. — *F. Pyat.* Diogène. — *E. Serret.* Que dira le Monde. — *M. Drach.* La Petiote. — *G. Sand.* Molière. — *Dumanoir.* Le Camp des bourgeoises. — *E. Grangé* et *V. Bernard.* Le Lys de la Vallée. — *V. Crémieux* et *A. Jaime.* Le Trône d'Ecosse. — *Clerville. Siraudin* et *Koning.* La Fille de Madame Angot, etc., etc.

868 **Réunion** de 100 pièces anciennes et modernes de tous formats.

869 **Théâtre Moderne.** 360 pièces environ. 20 vol. gr. in 8, d.-rel.
Pièces parues vers 1830 à 1860 du Magasin théâtral et autres répertoires. Drames, Comédies, Vaudevilles, etc.

870. **Réunion** d'environ 220 pièces de Théâtre. Répertoire Moderne, format in 12 br et rel.

871. **Réunion** d'environ 100 pièces de Théâtre diverses, format gr. in-8 et in 8.

872. **Réunion** d'environ 400 pièces du Théâtre contemporain illustré. Imprimé sur 2 col. format in-4. rel et br.

873 **Recueil** de 6 pièces d'Alexandre Dumas fils. Ensemble 2 vol. in-12, demi-rel. chagr.
La Dame aux Camélias. — Diane de Lys. — Le Demi-Monde. — La Question d'Argent. — Le Fils naturel : on a ajouté La Conscience, par *Dumas père.*

874. **Recueil de 6 pièces** réunies en 3 vol. in-8, demi-chag.
E. Augier. Le Fils de Giboyer. — *E. Augier.* Paul Forestier. — *Dumas fils.* La Princesse Georges. — *Dumas fils.* Les Idées de Mme Aubray. — *V. Sardou.* Fernande. — *V. Sardou.* Séraphine. Cachets...

875 **Recueil de 24 pièces** d'Offenbach réunies en 3 vol. in-8 cart., dos de percal. rouge
Geneviève de Brabant. 1868. — Robinson Crusoé. 1868. — Jeanne qui pleure et Jean qui rit. 1874. — Le Mariage aux Lanternes. 1882. — La Belle Hélène. 1866. — Le Pont des Soupirs. 1861, etc., etc.

876 **Théâtre Moderne.** 4 vol. in-12 br.
A. Daudet. Théâtre. 1880. — *Th. Gautier.* Théâtre. Mysteres, Comédies et Ballets. 1872. — *Ed. et J. de Goncourt.* Théâtre. 1879. — *E. Zola.* Théâtre, 1878.

877. **Pièces illustrées.** Patrie, opéra. — Roméo et Juliette. — Miss Helyett. Ensemble 3 vol. in-4 obl. cart. Illustrations de Morland et Le Maresquier.

878. **Les Pièces à succès.** *Paris, Flammarion.* 50 numéros in-8
Chaque numéro contient une pièce en vogue avec les illustrations des principaux tableaux.

Revues de fin d'Année

879. **Revues de fin d'Année.** 330 Revues des années 1728 à 1899. format in-12, in-8 et in-4 en 12 cartons-boîtes. Quelques pièces doubles. Réunion des plus rares.
Collection très importante sur ce genre de pièces. Auteurs : *Domini-*

que, *Romagnesi*, *La Harpe*, de *Flins*, *Léger*, *Chazet*, *Buhan*, *Moreau*, *Lafortelle*, *Alexandre*, *Merle*, *Ourry*, *Barre*, *Radet*, *Desfontaine*, *Dupaty*, *Théaulon*, *Dartois*, *Achille*, *Survilliers*, *Delestre*, *Poirson*, *Brazier*, *Melesville*, *Carmouche*. *Francis*, *Rochefort*, *Menissier*, *Martin*, *Armand*, *Léon*, *Jousselin*, de *Lasalle*, *M. Alhoy*, *Romieu*, *E. Simonin*, *Saint-Georges*, *Bayard*, *Duvert*, de *Villeneuve*, *Arago*, *Cogniard* frères, *Dumersan*, *Rougemont*, *Depeuty*, *Clairville*, *Delatour*, *Varin*, *Huart*, *Jouhaud*, *D'Ennery*, *Duvert*, *Cormon*, *Grangé*, *Richard*, *Labiche*, de *Leuven*, de *Beauplan*, *Delaporte*, *Ch. Potier*, *A. de Jallais*, *A. Flan*, *Guénée*, *L. Thiboust*, *Lapointe*, *J. Renard*, *R. de Beauvoir*, *Dormeuil*, *E. Blum*, *Saint Agnan*, *Choler*, *W. Busnach*, *J. Dornay*, *L. Péricaud*, *V. Koning*, *H. Rochefort*, *P. Véron*, *Blondeau*, *Monréal*, *A. Lemonnier*, *P. de Kock*, *H. Buguet*, *A. Duru*, *H. Chivot*, *A. Millaud*, *Chabrillat*, *E. Gondinet*, *P. Burani*, etc., etc.

880. **Revues de circonstance** 1830-1831. 7 pièces en un vol. in-8, demi-rel.

Cagotisme et Liberté par M Duvert, Ernest et Etienne. — *Un tour en Europe*. — Les *Variétés* de 1830 — Les *Pilules* dramatiques ou le Choléra-morbus. — Les Lions de Gisors. — La *Caricature* ou les Croquis à la mode — *L'Amphigouri*, par MM Brazier et Dumersan.

881. **Revues** de Cafés-Concerts. Suite d'environ 100 pièces, revues, programmes des Cafés-Concerts, de 1889 à 1904, en un carton-boîte.

Théâtre de famille, de la Jeunesse, de Salon et divers.

882. **Théâtre à l'usage des jeunes personnes**, par Mme de Genlis. *Paris*, 1785, 7 vol. in-12, veau.

883 **Théâtre à l'usage des Collèges**, des Ecoles royales militaires et des pensions particulières. *Paris*, *D. de Maisonneuve*, 1789, 2 vol. in-12, dem.-rel. — **Théâtre Séraphin** ou des Ombres chinoises. *Paris*, *Ferra*, 1810, 2 tom. en un vol. petit in-18, fig., rel. — **Petit Théâtre de famille**, par Mme de Flesselles. *Paris*, *Lehuby*, 1835, in 12, rel bas. — **Récréations dramatiques**. Comédies en prose, par J. F. Revel. *Paris*, *Hachette*, *s. d.*, vers 1840, in-12 br. — **Théâtre des grands et petits enfants** avec dix-sept vieux airs notés, par Alb. Le Roy de la Brière. *Paris*, *C. Lévy*, 1885, in-12, cart dos de perc., n. rogn. Ensemble 5 ouvrages

884 **Théâtre de Salon**, de la Jeunesse. Réunion de 10 vol. in-12 rel. et br

Théâtre des Salons par *E. Rasetti*. 1re série *Paris*, 1859. — *Le Spectacle* au coin du feu, par *Galoppe d'Onquaire*. *Paris*, 1863. — *Entre deux paravents*, par *Audiffret* *Paris*, 1866. — *Théâtre de Salon* et *Nouveau Théâtre de Salon*, par *Nery*, *Paris*, 1865-73. — *Théâtre de la Jeunesse*, par *Em. Souvestre*. *Paris* 1878. — *Le Théâtre chez Madame*, par *Edouard Pailleron*. *Paris*, *Lévy*, 1881, etc.

885. **Réunion** de 11 vol. in-8 et in-12 br.

Théâtre Impossible par *E. About*. *Paris*, *Hachette*, 1862 — *Drames* politiques, par *A. Michiels*. *Paris*, *Dentu*, 1865. — *Saynètes* et Monologues, 3e et 4e séries. — *Théâtre* scientifique, par *J. Mirval*, *Paris*, 1879 — *Le Théâtre* des Jésuites par *E. Boysse*. *Paris*, 1880. — *Le Théâtre* d'un poète, par M. *Pierre Moïana*. *Paris*, 1881. — *Théâtre* Blanc, par *H. de Noussanne*. *Paris*, 1891, etc

886. **Réunion** de 7 vol de théâtres, in-12 rel et br.

Théâtre Fiabesque, par *C. Gozzi*, tr. par *A. Royer*. *Paris*, 1865. — *Théâtre* pour rire, répertoire des Parodies, etc *Paris*, *G. Sandré*, *s. d.* — *Théâtre* du Seigneur Croquignole, par *Ed. Ourliac*. *Paris*, 1866. — *Théâtre* Fantaisiste par *G. Cornisset* *Paris*, 1869 — *Théâtre comique*, par *A. Humbert*. *Paris*, 1880. — *Parades* inédites de *Th. Gueullette*. *Paris*, 1885. — *Théâtre des Marionnettes*, par *M. Sand*. *Paris*, 1890.

887. **Théâtre d'Education**. 3 vol. in-8 et in-12 cart. et br.

Théâtre d'adolescents, par *A. Carcassonne*. *Paris*. *Ollendorff*. 1880. — *Le Théâtre* au Collège Etude sur les exercices dramatiques dans les écoles, par *L. Tisserand*. *Sens*, 1858 — *Nouveau Théâtre* d'Education, par la *Comtesse Marie d'Houdetot*. *Paris*, *Hachette*, 1885.

888. **Répertoire du Théâtre du Gymnase des Enfants**. *Paris*, *Pesron*, *s. d.*, 3 vol. in-18, dem.-rel. veau à coins, dos orn.

889. **Xanrof et Bac**. Interwiews fantaisistes. Tout le Théâtre. *Paris*, *Flammarion*, *s. d.*, in-4 obl — **Les Femmes de Théâtre**, prologue de Yvette Guilbert, illustrations de Bac. *S. d.* — **Théâtre instantané Illustré**. — **Thermidor**, pièce en 4 actes, par *Victorien Sardou*. *Paris*, *Dentu*, 1891, obl., figures. Ensemble 3 albums in-4 br.

890. **Comédies pour Salons et Théâtre**, par *P. Darasse*. *Paris*, 1892 3 vol. in-12 br

891. **Comédies enfantines et Saynètes**, par Mme *Bellier* (Marie Klecker). Illustrations de *Marcel de Fonremis*. *Paris*, *Ollendorff*, 1895. dem.-bas bleue unie avec plaques rouges, tête r.

892. **Théâtre du Petit-Château**, par *Jean Macé*, illustrations par Froment. *Paris*. *Hetzel* *s. d.*, gr. in 8, br., dos fact.

893. **Théâtre à la Maison et à la Pension**, par *B. Vadier*. *Paris*. *Hetzel*, *s. d.*, gr. in-8, fig., dem -rel. chag. bleu.

Théâtre Burlesque. — Pantomimes. Parades. — Parodies. Théâtre des Funambules.

Pantomimes

894. **Pantomimes**. Recueil de sept pièces de pantomimes du XVIIIe siècle en 1 vol. in-8 veau (mouill.).

Programme des Aventures de *Don Quichotte*, pantomime, 1778. — *Marie Millet*, ou l'héroïne villageoise, 1780. — *Les quatre fils Aymond*, par *M. Arnould*, 1779 — *Jérusalem* délivrée, ou *Renaud et Armide*, tragédie pantomime en quatre actes, 1779. — *Les deux Amis*, ou l'héroïsme de l'amitié, pantomime, musique de *M. Dupré*, 1781. — *Sophie de Brabant*, pantomime 1781. — *Revue de Provence* et la *Belle Maguelonne* pantomime, par *M. Arnould*.

895. **Pantomimes**. Réunion de 24 broch. in 8, br.

Almavira et Rosine, 1817. — *Suzanne et les Vieillards*, 1817. — *Cullivier*, 1826. — *Jenny*, ou le Mariage secret, 1866. — *Le Damoisel*, 1818. — *La Laitière suisse*, 1823 — *Clarisse et Lovelace*, ou le Séducteur, 1817. — *Le Bras noir*, 1856, etc., etc.

896. **Pantomime**. Huit pantomimes. *Théâtre des Funambules*, format in 8 et in-4, cart. (Très rare).

1° *Poulailler*, ou Prenez garde à vous (manuscrit original, 1827). — 2° *Le Songe d'or*, ou Arlequin et l'Avare, 1828. — 3° *Pierrot fiancé*, 1829.— 4° *Don Quichotte et Sancho Pança*, 1829. — 5° *Perette*, ou les Deux braconniers, 1829 — 6° *Les Conseils de Cocotte*. S d. (manuscrit original). — 7° *La Mauresque*. S. d. — 8° *Trois Révolutions*. S. d (manuscrit original).

897. **Pantomime**. Suite de 26 pièces manuscrites d'une belle écriture. Répertoire unique du Théâtre des Funambules, format in-8 ou in-4, cart. Quelques-unes de ces pièces sont des manuscrits originaux.

1° *Les Sottises de Pierrot*, 1831. — 2° *Le Génie du Pauvre*, 1831 — 3° *Pierrot mitron*, 1831. — 4° *Le Lutin femelle*, 1832 (man. orig) — 5° *Le Page et la Marquise*, 1832. — 6° *Les Epreuves*, pantomime précédée du Cheveu du Diable, 1833. — 7° *Le Souterrain*, 1835. — 8° *Les Dupes*, ou les deux Georgettes, 1835 — 9° *Jack l'Orang-Outang*, 1836. — 10° *Pierrot* et ses créanciers, 1836. — 11° *Le Diable boiteux*, 1836. — 12° *L'Esmeralda* du Pont-aux-choux, 1837 (manuscrit original). — 13° *Le Rempailleur de chaises*, 1837 — 14° *A Mort*, ou la Guerre des cuisinières, 1837. 15° *Roberta* chef de brigands 1839. — 16° *La Chatte amoureuse*, 1838 — 17° *La Sorcière*, ou le Dindon protecteur, 1838 — 18° *Le Tonnelier*, ou la Somnambule, 1838. — 19° *Le Voile rouge*, 1838. — 20° *L'Eau et le Feu*, 1838. — 21° *En v'la des bamboches*, 1838. — 22° *Pierrot errant*, 1838. — 23° *L'Espiègle*, 1838. — 24° *Pierrot partout*, 1839. — 25° *Le Rêve d'un conscrit*, ou la Suite du billet de mille, 1839. — 26° *Iroquois*, 1839.

898. **Ballets Pantomimes**. Publiés à Paris de 1835 à 1867, 19 pièces in-8, br., avec leurs couvertures.

L'Ile des Pirates, 1835. — *La Fiancée du Danube*, 1838. — *La Gypsy*, 1839. — *Les Noces de Gamache*, 1841. — *Eucharis*, 1844. — *Le Diable à quatre*, 1845. — *La Fille de Marbre*, 1847, etc., etc.

899. **Pantomime**. Suite de 22 pièces manuscrites d'une belle écriture. Répertoire unique du Théâtre des Funambules, format in 8 et in-4, cart.

1° *Pierrot et Croquemitaine*, 1840. — 2° *L'Amour et la Folie*, 1840 — 3° *Souffre-Douleur*, 1840 — 4° *Pierrot et l'Aveugle*, 1841. — 5° *Satan ermite*, 1841. — 6° *Biribi*, 1841. — 7° *M. de Boissec et Mle de Bois-Flotté*, 1841. — 8° *Les Trois Godiches*, 1842. — 9° *Le Mandarin Chi-han-li*, ou le Chinois de paravent, 1842. — 10° *Le Marchand d'habits*, 1842. — 11° *Les Trois bossus*, 1842 — 12° *Hurluberlu*, 1842. — 13° *Pierrot en Afrique*, 1842. — 14° *La Naissance de Pierrot*, 1843. — 15° *Pierre le Rouge*, 1843. — 16° *Pierrot chez les Mohicans*, 1843 — 17° *Les jolis soldats*, 1843. — 18° *Mistigris* ou les tribulations de Pierrot, 1844. — 19° *Ile des Marmitons*, 1844 — 20° *Bamboches et Taloches*, 1844. — 21° *Fra Diavolo*, 1844. — 22° *Les Trois Quenouilles*, 1844.

899 bis. **Pantomime**. Suite de 22 pièces manuscrites d'une belle écriture. Répertoire unique du Théâtre des Funambules, format in-8 et in-4 cart.

23° *Les Soirées de Macbeth*, 1845.— 24° *La Pagode enchantée*, 1845.— 25° *Les Deux Mousquetaires*, 1845. — 26° *Les Deux Pendus*, 1845. — 27° *Harlequin* Snowball or the majic talisman, pièce anglaise, 1845. — 28° *Les Noces de Pierrot*, 1845. — 29° *L'Œuf rouge et l'Œuf blanc*, 1846. — 30° *La Roche du Diable*, 1846 — 31° *Pierrot et Polichinelle*, 1846. — 32° *Pierrot pendu* (par Champfleury), 1846. — 33° *Le Docteur Blanc*, 1846. — 34° *Pierrot et les Bohémiens*, 1846. — 35° *Les Pérégrinations de Pierrot et de Polichinelle*, 1847. — 36° *Les trois planètes*, 1847. — 37° *Une Vie de Polichinelle*, 1847 — 38° *Pierrot Pacha*, 1847. — 39° *Les Français en Espagne*, 1847. — 40° *Pierrot récompensé*, 1847. — 41° *Pygmalion*, 1847. — 42° *Pierrot marié*, 1847. — 43° *Madame Polichinelle*, 1848. — 44° *Le Voyage de Pierrot à Londres*, 1848

900. **Pantomimes de Vautier père** (célèbre Polichinelle des Funambules); in-4, cart. Manuscrit d'une bonne écriture.

L'Homme des Bois, ou Pierrot chez les Cafres. — *Le Berger suisse.* — *La Fée des Paquerettes.* — *L'Avare.* — *Le Monstre*, ou le cauchemar de Pierrot. — *Les Amants de Collette*, etc., etc. — La *plupart* de ces pièces ont été représentées sur la scène de Ba Ta-Clan, des Funambules et des Folies Nouvelles.

901. **Pantomimes.** 16 pantomimes réunies en un vol. in-12, demi-rel. avec coins, maroq. bl., non rogn.

Suite rare : *Les trois filles à Cassandre*, par **Champfleury.** 1850. — *Les Mille et une tribulations de Pierrot*, par M. Charles. 1851. — *Polichinelle Vampire*, par Charles et Vautier. 1850. — *Arcadius ou Pierrot chez les Indiens*, par M. Charles, 1852. — *Les Deux Pierrots*, par M. A. Jouhaud. 1849, etc., etc.

Notice Biographique sur Paul Legrand. *Paris*, 1847, portr.

Cette collection est de toute rareté.

902. **Notice biographique** sur M. Paul *Legrand*. — **Pierrot le possédé, ou les deux Génies**, par M. Charles (pantomime, 1848). — 8 Programmes des Funambules, etc., plus 7 portraits de Debureau et P. Legrand, dont un dessin de J. Porreau en un vol. gr. in-8, cart. dos et coins de percaline bleue, non rog.

903. **Pantomime** Suite de 26 pièces manuscrites d'une belle écriture. Répertoire unique du Théâtre des Funambules, format in-8 et in-4, cart.

1° *Les Deux Cantinières*. 1851. — 2° *Le Comte de Morbiche*, parodie de : *Le Comte de Morcerf*. — 3° *Fournée de Monte-crie-trop*, suivie de *Fortvile*, parodies de *Monte-Cristo*, 1851. — 3° *La Révolte du Caire*. 1851. — 4° *Figaro*, par Laurençon. 1852. — 5° *Barbe-Bleue*. 1851 (Manuscrit original). — 6° *Pierrot à deux faces*. 1852. — 7° *Barbe-Rouge et la Bohémienne*. 1854. — 8° *L'Etoile de Pierrot* 1854. — 9° *Les Etourderies de Figaro*. 1854. — 10° *Le Berger Suisse*. 1854. — 11° *La Queue du Lapin*. 1854. — 12° *Les Pirates du Calvados*. 1855. — 13° *Les Prisonniers de la Tchernaïa*. 1855. — 14° *La Corne du Diable*. 1855. — 15° *Les Raseurs du Jour*. 1856. — 16° *La Fille du Ciel*. 1856. — 17° *Parapharagaramus* ou les Statues vivantes. 1856. — 18° *Le Soldat Belle-Rose*. 1857. — 19° *La Fille Maudite*. 1857. — 20° *Montbars l'Exterminateur*. 1858. — 21° *La Mauresque*. 1858. — 22° *Les Protégés de l'Amour*. — 23° *Pierrot, Bobèche et Galimafré*. 1859. — 24° *La Patissière de Darmstadt*. 1859. — 25° *Pierrot Etudiant* 1859. — 26° *Le Danseur éternel*. 1859. — 27° *Le Sergent Lambert*. 1860. — 28° *Le Diable d'or*. 1860. — 29° *Le Père Lantimèche*. 1860. — 30° *Cascades sur Cascades*. 1860. — 31° *Le Vallet du Diable*. 1861. — 32° *La Fée Carabosse*. 1861. — 33° *Le Loup-Garou*. 1861. — 34° *Le Rameau d'Or*. 1862. — 35° *Le Père Funambules* 1862. — 36° *Le Crocodile de Java*. 1862.

904. **Pantomimes** de Paul *Legrand*, par Félix et Eugène *Larcher*. *Paris*. *Libr. Théâtrale*, 1887, in-12, cart. bradel, non rog., couv. cons. Envoi d'auteur signé.

905. **Lulu**, pantomime en un acte, par Félicien Champsaur, préface par Arsène Houssaye *Paris*, *Dentu*. 1888, in-8, fig. col., br. Première édition.

— Le même ouvrage 6ᵉ édition.

906. **Pantomimes de Gaspard et Ch. Deburau**, traduction par Emile *Goby*, préface par *Champfleury*. *Paris*, *Dentu*. 1887, in-8, portr. cart. brad., non rogn., couv. cons.

907. **Pantomime par Paul Lheureux** musique de M. Em Schvartz, illustrations hors texte de MM d'Allery, Decoprez, Dehaisne, etc., etc. *Paris*, *Ferreyrol*, 1891, in-12 cart. bradel.

908. **Notre Ami Pierrot.** Une douzaine de pantomimes par *Jérôme Doucet*. Aquarelles de Louis Morin. *Paris*, *Paul Ollendorff*, in-4 br., couv. illustrée.

909. **L'Armée des Polichinelles**, dessins par *Dillon*, collaborateurs Ern. **d'Hervilly** Jules Lévy Léonce Benedite, Ern. Goudeau, etc., etc. *Paris*, 1893, in-8, fig., demi-cart. brad., mar. à coins, non rogn., couv. cons.

910. **Hacks** (Charles). Le Geste, illustrations de *Lanos*. *Paris, Libr. Marpon et Flammarion*, s. d., gr. in-8 fig. br., couv. impr.

911. **La Musique et la pantomime**, par Paul *Hugounet*. *Paris, Kolb*, s. d., in-8, rel. bradel, non rogn. couv. conserv.

912. **Mimes et Pierrots**. Notes et Documents inédits pour servir à l'histoire de la Pantomime, par *Paul Hugounet*, frontispice de Paul *Balluriau*, d'après Vautier. *Paris, Fischbacher*, 1888, in-8, fig. rel. bradel, couv. conserv.

Théâtre Burlesque

Farces, Parades, Théâtre de la Foire, Théâtre de Guignol, des Marionnettes, etc. Théâtres forains. Recueils de parades.

913. **La Vie, Les Amours, Actions de Scaramouche**, par le Sieur *Angelo Constantini*, comédien ordinaire du Roi dans sa Troupe italienne, sous le nom de Mezetin. *A Cologne*, 1695, in-18, portr., veau fauve, dos orné, 3 fil., tr. dor.

914. **Le Théâtre de la Foire ou l'Opéra-Comique**, contenant les meilleures Pièces qui ont été représentées aux foires de St-Germain et de St-Laurent ; enrichies d'estampes en taille-douce, avec une table de tous les vaudevilles et autres airs gravez, notez à la fin de chaque volume ; recueillies, revues et corrigées par *MM. Le Sage* et *D'Orneval*. *Paris, Ganeau*, 1721, 10 vol. in-12, veau, rel. non uniforme.

915. **Théâtre des Boulevards**, ou recueil de Parades, par *Sallé, Fagan, Moncrif, Piron, Collé* ; publié par *Corbie*. Mahon. (*Paris*), 1756, 3 vol. in-12, front. gr. cart.

916. **Les Amours du Beau Léandre**, parade en un acte. *Paris, G. Hérissant*, 1766, in-8, cart. dos de perc. bleue.

917. **Théâtre de Campagne**, ou recueil des parades les plus amusantes propres au délassement de l'esprit, jouées sur des Théâtres bourgeois (attribué à *Grandval le père*). *Paris, Vve Duchesne*, 1767, in-8, veau rac. (Rare).

Contient : La Mort de Bucéphale. — L'Eunuque ou la fidèle infidélité. — Agathe, tragédie. — Les Deux biscuits — Le Pot de chambre cassé. — Madame Engueule ou les accords poissards, etc.

918. **Les Rencontres**, fantasies et Coq-à-l'Asne facétieux du Baron Gratelard tenant sa classe ordinaire au bout du Pont-Neuf, avec ses gaillardises admirables et conceptions joyeuses. *A Troyes, Garnier*, s. d., in-18, cart. en étoffe. Portrait et lettre autographe, ajoutés.

919 **Les Parades des Boulevards** ou Entretiens bouffons entre Pail-

lasse et Cassandre, enrichis de lazzis d'Arlequin, par *M. Musard. Paris* 1810, in 12, fig., cart. demi perc. Quelques taches.

920. **Nouveau Théâtre des Boulevards.** Collection choisie de Canevas, Scènes et parades nouvelles jouées en plein vent par les sieurs *Bobèche, Galimafré, Gringalet, Faribole* et autres célèbres farceurs de la Capitale. *Paris, s. d.*, 4 vol. in-18 fig., br., avec emboitage.

921. **Les Charlatans célèbres** ou tableau historique des Bateleurs, des Baladins, des Jongleurs, des Bouffons, etc., etc., et généralement de tous les personnages qui se sont rendus célèbres dans les rues et sur les places publiques de Paris. *Paris, Lerouge*, 1819, 2 vol. in-8, demi-veau br.

— Le même ouvrage, broché.

922. **Ali-Pacha** ou Jérôme l'Enflé au Panorama dramatique, pot-pourri par *M. Fougeray. Paris, Lejay*, 1822, in-18, cart., non rog.

923. **Les Grotesques**, fragments de la vie nomade recueillis par un archéologue, petit-fils de Turlupin, avec 10 gravures. *Paris*, 1838, in-18, demi chagr., piq.

924. **Théâtre Burlesque**. Choix de tragédies et comédies facétieuses. *Paris, Foullon*, 1840, 2 vol. in-18 br.

925. **Théâtre de Polichinelle** Gringalet, Bambochinet, etc., par Pierre. *Paris, E. Renault*, 1854, petit in-18, fig., demi-rel. — *Polichinelle*, farce en trois actes, publiée par *J. Rémond*. Petit in-18, fig., demi rel. — *Petit Théâtre* des Ombres chinoises. *Paris, Gourer*, 1825, br. in 8.

926 **Chansons de Gaultier Garguille**, nouvelle édition suivie de pièces relatives à ce farceur, avec introduction et notes par *Ed. Fournier. Paris, P. Jannet*, 1858, in-18, cart., non rog.

927. **Théâtre des Marionnettes** du Jardin des Tuileries. Texte et composition des dessins par *M. Duranty. Paris, Dubuisson et Cie, s. d.*, gr. in-8, figures coloriées, br., couv. impr. Premier tirage.

928. **Le Théâtre de Polichinelle** Prologue en vers par *Fernand Desnoyers*, pour l'ouverture du Théâtre des Marionnettes dans le Jardin des Tuileries. *Paris, Poulet-Malassis et De Broise*, 1861, petit in-8, front. sur papier de chine, br. (couv. cons.)

929. **Réunion** de 4 vol. in-8 et in-12 br.

V. Fournel. Les Spectacles populaires et les artistes des rues. Dentu, 1863. — *Ch. Virmaître.* Les Virtuoses du trottoir. Lebigre Duquesne, 1868. — *G. Escudier.* Les Saltimbanques, leur vie, leurs mœurs, 500 dessins à la plume par *P. de Crauzat*. M. Lévy, 1875 (dos factice). — Docteur *Le Paulmier*. L'Orviétan. Histoire d'une famille de Charlatans du Pont-Neuf aux XVIIe et XVIIIe siècles.

930 **Parades inédites de Collé** : 1o Le Mariage sans Curé — 2o La Guinguette — 3o Léandre Etalon. *Paris (Gay)*, 1864, in-18, demi-chagr., tête dor., n. rog.

Tiré à 200 exempl. No 190.

931. **Le Théâtre érot.** . français sous le Bas-Empire. *Paris, Pinsebourse, s. d.*, in-18 br.

932. **Le Théâtre ér...** de la rue de la Santé, son Histoire. *Batignolles*, 1864-66, in-12, dem.-mar. à coins, tête dor., n. rog. 2 fig. de Rops.

933. **Réunion** de 4 vol. ou brochures in-12.

A. Avril. Saltimbanques et Marionnettes. M Lévy, 1867. — *La Chro-*

nique des Marionnettes, réimprimée sur le texte original de 1765. Rouen, 1873, imprimé sur papier rose. — *M. Sand*. Le Théâtre des Marionnettes. C. Lévy, 1890. — *Lemercier de Neuville*. Histoire anecdotique des marionnettes modernes. C. Lévy, 1892.

934. **Théâtre Lyonnais de Guignol**, publié pour la première fois avec une introduction et des notes. *Lyon, N. Scheuring*, 1865-70. 2 vol. in-8. front., br.

935. **Monnier** (Henry). Les Bas-fonds de la Société. *Amsterdam-Paris, J. Claye*, 1866, in-18, papier vergé, front. gr., dem.-chagr., tête jasp., non rog.

936. **La Fille Elisa**. Scène d'atelier en un acte, par un auteur bien connu, avec illustrations d'un artiste aussi renommé qu'original (*Lemercier de Neuville*) *Rome, au Temple de Vénus*, *s. d.* in-12, demi-maroq. bl. à coins.

937. **I Pupazzi**. Texte et images par *Lemercier de Neuville*. *Paris, Dentu*, 1866.— **Paris Pantin**. *Paris, Lacroix Verboekhoven*, 1868. — **Nouveau Théâtre des Pupazzi**. Texte et dessins naïfs par Lemercier de Neuville. *Paris, Libr. Générale*, 1882. Ensemble 3 vol. in-12 br., couv. imp. Premières éditions

938. **Feu Séraphin**. Histoire de ce spectacle depuis son origine jusqu'à sa disparition, 1776-1870. *Lyon, Scheuring*, 1875, in-8, portr. et vign., br., couv. impr.

939. **Les Saltimbanques**, leur vie, leurs mœurs, par *Gaston Escudier*, 500 dessins à la plume par P. De *Crauzat*. *Paris, Michel Lévy*, 1875, in-8 dem.-rel. chag.

940. **La Vie de Scaramouche** par *Mezetin*, réimpression de l'édition originale (1695) avec une introduction par L. *Moland*. *Paris, Bonnassies*, 1876, in-12, port., br. — **Les Caravanes de Scaramouche**, par *Emmanuel Gonzalès*. *Paris, Dentu*, 1881, in-12, portr. et vign., br. — **Scaramouchiana** ou recueil de ruses du fameux Scaramouche. *Avignon*, 1816, in-32, fig., br.

941. **La Foire Saint-Laurent**. Son histoire, ses spectacles avec deux plans de la Foire, deux estampes et un fac-simile d'affiche, par Arthur Heulhard. *Paris, A. Lemerre*, 1878, in-8, dem.-chag. Levallière, tête dor., n. rog. (Couv. cons.)

942. **Parades inédites** de Th. S. *Gueullette* avec une préface par Charles *Gueullette*. *Paris, Librairie des Bibliophiles*, 1885, in-12, demi-rel., dos de chagr. rouge poli, tête dor., non rog.

Un des 20 exemplaires sur papier de Chine (nº 15).

943. **Théâtre**. Saynètes et récits par *Gnafron* fils, de la rue Ferrachat, neveu de Guignol ; illustré de 17 dessins de l'auteur. *Lyon, Bernoux et Cumin*, 1886, in-8 br

Un des vingt exemplaires sur papier de Chine, nº 16.

944. **Le Sarsifi** petafiné. Lyonnaiserie en deux actes, par *G. Maz*. *Lyon, Bernoux et Cumin*, 1886, in-8 br.

Exemplaires sur papier Van Gelder, nº 7.

945. **Les Jeux du Cirque** et la vie foraine, par *Hugues le Roux*, illustrations de *Jules Garnier*. *Paris, Plon, Nourrit et Cie*, *s. d.*, in-4, fig., demi-veau rouge à coins, dos orné, tête dor., non rog.

946. **Théâtre Lyonnais de Guignol**. Nouvelle édition illustrée par *Enas d'Orly*. *Lyon*, 1890, gr. in-8, dem.-chag. grenat, tête rouge, non rog.

947. **Les Ombres** chinoises de mon père par *Paul Eudel. Paris, Ed. Rouveyre*, s. d , in-4. fig., br. Manque le faux-titre.

948. **Parades**. Recueil de neuf parades. Période de 1776 à 1804, réunies en un vol in-8, bas. fauve.

Les *Amours* du beau Léandre. 1776. — Le *Galant Escroc*. 1777. — *Jérôme* le porteur de chaise 1778. — *Madame Engueule* ou les accords poissards, s. d. — *Gilles ravisseur*, comédie-parade, 1782. — *Léandre* Candide, 1784 — Les *Deux Martines* ou le procureur dupé, 1786. — Le *Père Camus*, par le Cit. L. T Gilbert, 1803. — Les *Velocifères*, comédie-parade par MM. *Dupaty*, *Chazet et Moreau*, 1804.
Pièces rares.

949. **Parades** de la fin du XVIIIe siècle, 17 pièces br. ou dérel.

Cassandre aubergiste, parade. — *Cassandre oculiste* ou l'Oculiste dupe de son art. 1780 — *Cassandre astrologue* ou le préjugé de la sympathie. *Isabelle Hussard*, parade par Desfontaine — *Léandre-Candide* ou les reconnaissances.comédie-parade. — *Gilles Ravisseur*, comédie-parade par *D'Helle*. — L'*Absinthe*, comédie-parade par *Henrion*. — Les *Trois Aveugles*, comédie parade — *Colombine Mannequin*, comédie-parade. — *Arlequin Friand*, comédie-parade. — *Arlequin Afficheur*. — L'*Irato ou l'Emporté*, comédie parade, etc., etc.

950. **L'Eunuque** ou la fidèle infidélité. Parade en vaudevilles, mêlée de prose et de vers, par ***. *A Montmartre, s. d.*, in-8 br.

951. **Aliquandron**, tragédie en un demi-acte. *S. l., n. d* , in 8, cart. dos de perc. verte.

952 **Réunion** de 17 pièces en un vol. in-8, demi-rel.

La *Petarade* ou Polichinelle auteur. pièce quasi nouvelle qui peut être représentée en personnes de bois naturelles 1750. — *Céleste*, opéra parodie burlesque 1784. — *Charles II*, roi d'Angleterre, en certain lieu (par *Mercier)* à Venise, 1789. — Les *Fureurs* de l'Amour, tragédie burlesque, par M. Phelidor R.., 1817. — *Turlututu* et Cascarinette ou le gourmand puni, tragédie héroï-burlo-comique, 1807. — *Cocanius* ou la guerromanie comédie héroïque et burlesque par Hurtaud-Delorme, 1805 — Les *Amants* enfoncés ou misère et compagnie, tragédie burlesque, par M Thibaut. — Le *Pot* de chambre cassé, tragédie pour rire ou comédie pour pleurer, par *Enluminé* de Métaphorinville. A Ridiculomanie, s. d., etc., etc.

953. **Nouveau Théâtre des Boulevards** 6 pièces en 1 vol. in-18, fig., cart.

Le *Dépôt* ou Bobeche voleur et commissaire, suivi de l'Amant femme de chambre et de Tirlipiton. — Pierrot sentinelle perdue ou La Ronde chit-chit, parade, etc.

954. **Suite de 25 pièces** anciennes Farces, Moralité, réimprimées par Techener, tirées à petit nombre.

La Réformeresse — Marchebeau. — La Farce du Poulier. — Les deux Soupiers. — Frère Philibert. — L'Aventureulx.— La Femme et le Badin. — La Poures Diables — Le Maistre d'Escolle. — Le Filz de l'examynateur. — Le Sourd, son Varlet et l'Yverogne. — Les trois Galants. — Les Quatre âges. — Les Langues Esmoulues. — Jehan de Lagny Badin. — Les Sobres Sotz, etc., etc.

955. **Pots Pourris**. Réunion de 23 broch., format in-8 br.

Le Château de Paluzzi, 1818 — Fifi Johard à Représentation, s. d. — Jacques Fignolet, 1820. — Le Diner de la Gaieté, 1873. — Encore un Vampire, 1820. — Samson, s d. — Narration burlesque, 1821. — Le Vampire, 1820. — Nicolas Farau, 1815. — Bouton de Rose, s. d. — La Marie Stuart, 1820, etc., etc

Parodies du Théâtre de Victor Hugo

956. **Oh ! qu'nenni ou le Mirliton fatal**, parodie d'Hernani en cinq tableaux, par MM. *Brazier et Carmouche. Paris, R. Riga*, 1830, in 8 dem.-mar. bleu foncé, avec coins, tête dor., non rog. (David).

957 **Réflexions d'un infirmier de l'hospice de la Pitié** sur le drame d'*Hernani* de Victor Hugo. *Paris, Roy-Terry*, 1830, in-8 br., couv. imprimée.

958. **Parodies d'Hernani** de *Victor Hugo*. 3 pièces in-8 br.

N, *i Ni* ou le danger des Castilles, par MM. *Carmouche, de Courcy* et *Dupetit*. Paris, 1830. — *Fanfan le Troubadour* à la représentation d'*Hernani*. Pot-Pourrit, 5 actes Paris, 1830. — *Oh ! qu'nenni* ou le mirliton fatal, par MM. *Brazier* et *Carmouche*. Paris, 1830.

959. **Parodies du Théâtre de Victor Hugo**. 3 pièces in-8 et in-12 br.

Tigresse mort au rats ou poison et contre-poison (parodie de *Lucrèce Borgia*, par MM. Dupin et Jules). Paris, 1833. — *Angelo*, Tyran de Padoue, raconté par Dumanet. Paris, 1838. — *Marie tu dors encore* (parodie de Marie Tudor), par *Chaulieu* et *Louis Bataille*. Paris.Barbré, s. d.

960 **Angèle**, drame en cinq actes, narré et commenté par Mme Gibou à ses commères, Mmes Pochet, la Lyonnaise, etc., par l'Auteur de Marie Tudor racontée par Mme Pochet à ses voisines (par *Roberge*) *Paris, Marchand et J. Laisné*, 1834, in-8, demi-mar. r. à coins, n. rog. Bel exempl.

961. **Marie Tudor**, racontée par Mme Pochet à ses voisines, Mmes Chalamelle La Lyonnaise, Mesdemoiselles Reine et Verdet, assaisonnée des commentaires et réflexions de ces dames, conversation escamotée par un sténographe. *Paris, chez l'éditeur, s. d.*, in-8, cart., non rog.

962. **Gothon du passage Delorme**, imitation en cinq endroits et en vers, de Marion Delorme, burlesque (avec des notes grammaticales), par MM. Dumersan, Brunswick et Céran. *Paris*, 1831, in-8, cart. bradel à coins, non rog. Edit. origin. Cachets de librairie sur le titre et la couvert.

963 **Romantorgo** ou **la Cause perdue**, rêve en vers libres, dédié aux amis d'un grand poète, par *M. Picard. Paris, Delaunay*, 1832, br. in-8.— Les Misérables pour rire, parodie par A. Vémar. *Dentu*, 1862, in-24, portr., br. — *Almanach* des Misérables, parodie par A. Vémar, in 24 br. — Ensemble 3 ouvrages.

964. **Quatre parodies** sur les drames de Victor Hugo, form. gr. in-8.

Ruy-Brac. Tourte en cinq boulettes par M. de Redon (1838). — Les *Hures-Graves*, par MM. Dumanoir, Siraudin, et Clairville, 1843. — *Cornaro* tyran pas doux, par MM. Depeuty et Duvert, 1835. — *Harnali* ou la contrainte par cor, par A de Lauzanne. 1838.

965. **Parodies** de Victor Hugo, 3 pièces in-8 br.

Les *Buses graves* (parodie des Burgraves), par MM. *Dupeuty* et Langlé. Paris, 1843. — Les *Chansons des Grues et des Boas* (parodie des Chanson des Rues et des Bois), par Gill Paris, 1865. — *Parodie de 93* de Victor Hugo par Baric (1re partie). Paris, s. d., illustr.

966. **Les Barbus-Graves**, parodie des Burgraves de *M. Victor Hugo*, par M. Paul Zéro *Paris*. 1843, in-8 br., couv impr.

967. **Ose-Trop-Goth.Toquémalade**, parodie meli-melo-drame-à-tics

médicinaux. *Paris, chez un marchand de romantiques, s. d.*, in-8, demi cart. brad., non rog.

968. **Parodie des Misérables** de Victor Hugo, par Baric. *Paris, A. de Vresse, s. d.*, br., pet. in-4.

969. **L'Homme qui ri.... gole**, parodie de l'Homme qui rit de Victor Hugo, par *Mario Ares* et *Le Guillois*. *Bruxelles*, 1869, in 8 br.

---

971. **Parodies**. 3 pièces in-8 et in-12 br.

Batardi ou le désagrément de n'avoir ni mère, ni pere, par M. *Dupin*. Paris, 1831 (parodie d'Antony d'Alexandre Dumas). — *Travestin et couverture*, parodie **de Toussaint-Louverture** par MM. Varin et Labiche Paris, Lévy, 1850. — Le *Fils de Gibaugier* ou **je suis son Père**, par un académicien sérieux (parodie du Fils de Giboyer) Paris, Cournol. 1863.

Théâtre des Funambules

972. **Répertoire des Funambules**. 25 pièces. *S. d.*, format petit in-4, cart.

1. Le Ménage de Pierrot. — 2. Les Amours de Colette. — 3. Moluck. — 4. Pierrot et Polichinelle. — 5. Le Retour de Pierrot. — 6. Le Loup-Garou — 7. Pierrot Boulanger. — 8. Pierrot Berger. — 9. Les 4 Intrigants. — 10. Jeannot et Beau Modèle. — 11. Les Deux Forçats — 12. Les Etrennes de Pierrot. — 13. Le Mariage de Pierrot — 14. Pierrot chez les Noirs. — 15. Le Puits et le Trésor. — 16. Pierrot Jardinier — 17. Le Triomphe de Pierrot — 18. Pierrot chez les Sauvages. — 19. Pierrot a 36 faces — 20. Blanc et noir. — 21. Pierrot Meunier. — 22. Les Folies Diaboliques. — 23. Les Rendez-vous nocturnes. — 24. Les Deux Colins. — 25. Pierrot Lovelace

973. **Répertoire des Funambules**. 13 pièces manuscrites. *S. d.*, format in-4, cart

1. Le Tonnelier du Lac Saint-Fargeau. — 2. Pierrot Libérateur. — 3. Les Maladresses de Pierrot. — 4. Pierrot toqué. — 5. Le Monstre. — 6. La Folle. — 7. La Maison Rouge — 8. Le Souvenir des Funambules. — 9. La Conquête de la Chine. — 10 Les Farces d'Arlequin. — 11. Pierrot et le Brigand. — 12. Le Marchand de Salade. — 13. Les Cafres.

974. **Répertoire des Funambules**. 34 pièces. *S. d.*, format petit in-4, cart.

1. Pierrot fantôme. — 2. Le Joueur. — 3. La Fille Hussard. — 4 Pierrot et les deux Georgettes. — 5. Pierrot et le Singe. — 6. La Fille de la Mère Michel. — 7. La Fête de Pierrot. — 8. La Forêt de Minski. — 9. Le Danseur Eternel. — 10. L'Ogre Géant — 11. Une Nuit de révolte. — 12. Le Secret de Polichinelle. — 13. La Mère Gigogne. — 14. La Fée des pâquerettes. — 15. Le Combat du ravin. — 16. La Fiancée de Pierrot. — 17. Rodolphe le Vénitien. — 18 Montbars l'exterminateur — 19. Les Filles de Polichinelle — 20. Pierrot brigand. — 21. Le Soldat Belle-Rose — 22. Pierrot rival d'Arlequin. — 23. Pierrot Ambitieux. — 24. Arlequin ressuscité — 25. Le Roi Lézard. — 26. Le Chevalier noir. — 27. Les Roses du Seigneur. — 28. La Veuve Pierrot — 29. Le Père Lantimèche — 30 Jean-Bart. — 31. La Naissance de Polichinelle. — 32. Pierrot perruquier. — 33 La fête du Général. — 34. (Sans-titre).

975. **Répertoire des Funambules**. 24 pièces manuscrites. *S. d.*, format petit in-4, cart.

1. Le Violon magique. — 2. Pierrot Berger. — 3 Pierrot Cosaque. —

4. Pierrot Tonnelier. — 5. L'Espion. — 6. L'Entrée de Henri IV dans Paris. — 7. La Revolte des Ilitas. — 8. Les Moissonneurs. — 9. Les Premières armes de Polichinelle. — 10. Le Passage des Portes de Fer — 11. Mentor et Télemaque. — 12. Une journée d'accidents — 13. Pierrot chiffonnier — 14. Les deux Janots. — 15. Le Triomphe de Pierrot. — 16. Cassandre et son portrait — 17. Pierrot Clown. — 18. Le Barbier du Village — 19. Etourderies de Figaro. — 20. Pierrot vagabond — 21. La Chaumière — 22. Les Amoureux de Colombine. — 23. Un bailli aux abois — 24. Le Passage des Portes de Fer.

976. **Manuscrit** des rôles d'*Isménie* actrice, manuscrit d'une bonne écriture. Un vol. in-8 rel., nom de l'actrice en lettres dorées sur le plat de la couverture.

Isménie, actrice du Théâtre des Funambules en 1850, qui devint la femme d'Auguste Jouhaut, auteur dramatique. Une partie des rôles copiés de la main d'Isménie, l'autre de celle du père Jouhaut.

977. **Répertoire du Théâtre des Funambules.** Suite de 19 pièces originales manuscrites, jouées sur le Théâtre des Funambules pendant la période de 1830 à 1867. Ces pièces de toute rareté, mises en 19 cartons format in-4.

Voici les titres de ces pièces : En 1830 ou la Révolution Belge. — Pierrot chez les Kai-Chooh Tou. — Le Diable d'Or. — Le Serpent du village. — Le Loup de Mer. — Les Deux Génies. — Arlequin mort et vivant — La Poule du Hameau. — La Mère Michel. — Le Violon magique ou le Talisman de Lucifer. — Le Billet de mille francs. — Pierrot pompier. — Les Infortunes du mariage de Pierrot — Moluc ou Pierrot chez les Grecs. — Pierrot rival d'Arlequin — La Fille du Pharmacien. — La Corne du Diable. — Fanchon la vielleuse. — Pierrot et le Singe.

978. **Suite de 40 morceaux de musique** manuscrite ayant servie pour le Théâtre des Funambules. — Musique de divers ballets pantomines, etc.

Collection peu commune.

Ouvrages sur Paris

979. **Almanach de Paris**, première partie contenant la demeure, les noms et qualités des personnes de condition, etc. Contenant les noms et demeures des principaux articles, marchand, fabricants pour l'année 1789. *Paris, Lesclapart*, s. d., in-18, veau br. (rel. usag.)

980. **Réunion** de 7 vol. in-12 ou in-18, cart. et br.

Tableau du nouveau Paris 1788, 2 tom en un vol dérel. (mouillures). — Encore un tableau de Paris par Henrion, Paris, an VIII — Curiosités de la Cité de Paris, par F. Heuzey. Paris, Dentu, 1864. — Fêtes et spectacles du vieux Paris, par Ed. Neukomm, Paris, Dentu, 1886. — Paris Oublié, par Ch. Virmaitre, Paris Dentu, 1886. — Les Maisons Historiques de Paris, par A. Copin. Paris, Dupre, 1888. — La Chronique des rues, par Ed. Beaurepaire. Paris, 1900.

981. **Manuel** (Pierre). **La Police de Paris dévoilée**, avec gravure et tableaux. *Paris, Garnery*, 1793, 2 vol. in-8, cart., fig. gr.

982. **Dictionnaire Topographique**, étymologique et historique des *rues de Paris*, contenant les noms anciens et nouveaux des rues, ruelles, etc., accompagné d'un plan de Paris par *J. de la Tynna. Paris*, 1812, in-12, dem.-rel.

983. **Petite chronique de Paris**, historique littéraire et critique,

faisant suite aux Mémoires de Bachaumont, par MM. *Ourry et Saucan*. Années 1817 et 1818. *Paris*. 1818, in-18 dem. rel. bas

984. **Petite chronique de Paris**, faisant suite aux mémoires de Bachaumont, recueil d'anecdotes comiques, galantes, satiriques etc., par MM. E. T. *Ourry* et J. B. *Saucan*, *Paris*, *Emery*, 1819, in-12, cart., fig., dos de percal bl., non rogn.

985 **Le Rideau Levé ou Petit Diorama de Paris**, description des mœurs et usages de cette capitale par *J. P. Cuisin*. *Paris*, *Eymery*, 1823, in-18, fig., cart., perc. verte, non rog.

986. **Les Grands Boulevards en 1835**, in-18 obl., cart. toile rouge.

Très curieuse planche *coloriée* d'une largeur de 5 mètres environ, se dépliant.

Toute la ligne des Boulevards, coté gauche, est représentée depuis la Madeleine jusqu'à la Bastille avec les vues des monuments, théâtres, etc. Les Boulevards Saint-Martin et du Temple sont particulièrement amusants avec la vue des théâtres qui se suivent.

987. **Panorama de la rue de Rivoli**, des Tuileries et des Champs-Elysées. In-8 obl. cart.

Publié vers 1860, planches lith. se dépl. sur une long. de 4 m. 80: curieuses vues à l'époque

988 **Fournier** (Edouard). **Histoire du Pont-Neuf**. *Paris*. *Dentu*, 2 vol. in-18 br. — **Fournier** (Edouard) **Histoire de la butte des Moulins** suivie d'une étude historique sur les demeures de Corneille à Paris. In-18, dem.-mar. à coins. dos orn. tête dor., non rogn. Ensemble 3 vol. rel et br

989. **Chroniques et légendes des Rues de Paris** par **Edouard Fournier**. *Paris*, *Dentu*, 1864, in-18, dem.-rel. chagr., dos orn., non rogn. (couv. cons.)

990. **Les Boulevards de Paris**, par Martial. Suite de 1 titre et 44 eaux-fortes, ensemble 45 pièces in-4, toutes marges, en carton.

991. **Paris et Versailles il y a cent ans**, par **Jules Janin**. *Paris*, *F. Didot*, 1874. in-8, portr., br

992 **Paris à travers les Ages**. Aspects successifs des monuments et des quartiers historiques de Paris depuis le XIIIe siècle jusqu'à nos jours d'après les documents authentiques, par M. F. *Hoffbauer*, texte de MM Ed Fournier, Paul Lacroix, A. de Montaiglon, A. Bonnardot, J Cousin, Franckliu, Valentin Dufour, etc *Paris*. *Firmin Didot*, 1874, 2 vol petit in-fol en 14 livraisons avec couvertures cartonnées. Nombreuses figures dans le texte et hors texte, chromolithographies.

993. **Paris à travers les siècles**. Histoire nationale de Paris et des Parisiens depuis la fondation de Lutèce jusqu'à nos jours, par *H. Gourdon de Genouillac*. *Paris*, *Roy*, *s. d.*, 5 vol. in-4. fig. noires et coloriées, dem.-rel. de chagr. bleu.

994. **Paris dilettante** au commencement du siècle, par *A. Jullien*. *Paris*, *Firmin Didot*, 1884, in-8, fig., br.

995. **Le Vieux Paris**. Fêtes, jeux et spectacles. *Tours*, *Mame et fils*, 1887, gr. in-8, cart. spécial de l'éditeur, tr. dor.

Nombreuses figures sur le théâtre, les costumes, la mode, etc.

996. **Paris**. Les anciens quartiers, les boulevards et les théâtres, publié sous la direction artistique de M. *Georges Cain*, conservateur du Musée Carnavalet et des Collections historiques de la ville de Paris.

Album in-8 obl., enrichi de 10 planches fac-simile d'après des peintures, lithographies gouaches, gravures, dessins, photographies, etc., etc.

Théâtres de Paris

CIRQUES

997. **Théâtre de l'Ambigu**. Livret des entrées de faveur pour 1839, in-8 cart.

Curieux document pour l'histoire de ce théâtre

998. **Livre de compte** du théâtre des *Folies-Dramatiques* pour les années 1857 à 1867. 2 registres in-4. cart. toile.

999. **Théâtre des Folies-Dramatiques**. Livre d'émargements de ce théâtre pour l'année 1859, un registre de format in-fol., cart.

Curieux document ou on retrouve les signatures de MM. *Dorlange, Jouault, Varasseur, Calvin, Guyon, Boisselot, Montrouge, Mmes Guyon, Holbé, Le Royer, etc., etc.*

1000. **Livre d'émargements** du théâtre des Folies-Dramatiques pour l'année 1863, un registre in-4, cart. toile.

Signatures des artistes, des musiciens, des employés.

1001. **Grand livre** du **théâtre** des **Folies-Dramatiques**. Année 1869 ; registre in-4, cart. toile.

1002. **Livre de Répétitions** et Spectacles du théâtre des **Folies-Dramatiques**, du 23 mars 1870 au 17 juin 1873, et du 1er septembre 1878 au 8 février 1882. 2 vol. in-fol., cart.

Répétitions. Spectacles. Amendes infligées. Evénements de la journée.

1003. **Livre de caisse du Théâtre des Folies-Dramatiques**. Année 1873. Dépenses générales, appointements des artistes, recettes du contrôle, droits d'auteurs, droits des pauvres, etc. ; registre in-4. cart. toile.

1004. **Le Livre d'appointements** des artistes du théâtre des **Folies Dramatiques** pour les années 1875 et 1878. 2 vol. gr. in 4. cart.

Avec la signature de chaque artiste à la colonne d'émargements.

1005. **Livre de recettes et dépenses** du théâtre des **Folies-Dramatiques**, du 18 octobre 1892 au 17... 1894. 6 registres in-4, cart. toile noire.

Curieux documents, contenant les noms des pieces jouées, avec la recette totale de chaque pièce, le nombre des spectateurs, l'indication du temps pour chaque jour, etc.

1006. **Souvenirs des Funambules**, par Champfleury. *Paris, Michel Lévy*, 1859, in-12. front., cart. toile bl., pièce bl. au dos, n. rog.

Front et fig. à l'eau-forte de *Legros*, ajoutées.

1007. **Théâtre de la Gaîté** (*Lyrique*). Saison 1892-1893. Livre des cachets des Artistes ayant chanté pendant la saison, un registre in-4, cart

1008. **Notice descriptive du Théâtre historique**, ornée de 32 gravures sur bois par MM. *Edouard Renard* et *Henri Valentin*. gr. in-8, fig , cart. dos et coins de percaline, non rog. (extrait).

1009. **L'Odéon.** Histoire administrative, anecdotique et littéraire du Second Théâtre français. 1782-1818 par *Paul Porel* et *Georges Monval. Paris, A. Lemerre*, 1876, 2 vol. in-8, demi-chagr. grenat.

1010. **L'Odéon.** numéro exceptionnel de la « Plume » consacré à l'Odéon et composé sous la Rédaction en chef de *Jacques Des Gachons. Paris, Bureaux de la « Plume »*, in-8 de 16 pp , fig., cart. dos de veau rouge et bleu, non rog.

1011. **Odéon.** 3 plaquettes in-8, cart. et br.

Règlement pour le Second Théâtre Français, signé Cte de Pradel. 1818. — Affaire de l'Odéon. Mémoire en vers en réponse au mémoire en prose de M l'Avocat de la Liste Civile, 1816. — Du Second Théâtre Français ou instruction relative à la déclamation dramatique par Nepomucène Lemercier.

1012. **Opéra-Comique**, 4 vol. et br. in-8 et in-12. cart. et br.

Lettre de Madame *** à une de ses amies sur les spectacles et principalement sur l'Opéra-Comique pour l'anné théâtrale de 1824 à 1825, par Ferdinand *** — Les transformations de l'Opéra-Comique par A.Thurner. *Paris, Castel*, 1865. — Le Théâtre national de l'Opéra-Comique par Jean Huret. 1898.

1013. **Histoire du Théâtre de l'Opéra-Comique**, par Desboulmiers *Paris, Lacombe*. 1769. 2 vol. in-12, veau marb.

1014. **Théâtre de l'Opéra-Comique**.ou recueil des pièces restées à ce théâtre. *Paris*. 1811. 4 vol. in-18, dem.-rel.

1015. **Théâtres lyriques de Paris.** L'Opéra Italien de 1548 à 1856. par *Castil Blaze. Paris*, 1856, in-8. dem.-chag. vert. dos orné. tête jasp., non rog.

1016. **Livre des Amendes du Théâtre du Palais-Royal** pour retards, absences des artistes. etc. Années 1843 à 1846. manuscrit in 4. cart. perc. verte.

Manuscrit très curieux pour servir à l'histoire du théâtre du Palais-Royal.

1017. **Etat de recettes de l'ouverture du Théâtre de la Porte Saint-Martin**, ci-devant l'Opéra. registre in-4, rel. parchemin.

Curieux document indiquant les recettes du Théâtre depuis le 5 Vendémiaire, an XI, jusque et y compris le 1er Frimaire même année.

1018. **Théâtre des Variétés.** Le Livre de Brunet. Directeur et Artiste de ce théâtre Répertoire des pièces jouées et recettes de chaque jour à ce théâtre depuis 1811. jusqu'à 1816. en 2 registres petit in-4 cart. Titre calligraph. en or et couleur.

Manuscrit d'une tres bonne ecriture. Document fort curieux pour l'Histoire du Théâtre des Variétés.

1019. **ARNAL** (E.). **Répertoire du théâtre de Vaudeville**, liste de mes rôles, nombre de mes rôles joués dans chaque mois de l'année depuis le 1er Avril 1829 jusqu'au 31 Mars 1837. 2 vol. in 8 demi rel.

Manuscrit original du célèbre comédien où il donne le detail jour par

jour, la pièce qu'il vient de jouer avec le prix des feux qu'il touche par représentation. A la fin de chaque mois il fait des remarques sur ce qui s'est passé au théâtre du Vaudeville pendant ce mois.
Très curieux manuscrit pour l'histoire du Théâtre.

1020. **Les Théâtres de Paris.** 35 planches à l'eau-forte dessinées et gravées par *P. Loiseau-Rousseau*. En vente chez *Derveaux*, *s. d* (vers 1885). Suite complète de 1 titre et 35 planches à l'eau-forte dans un carton.

1021. **Histoire populaire de tous les Théâtres de Paris.** depuis leur origine jusqu'à nos jours, par *Eug. Vanel. Paris*, 1841, in-18. — **Biographie historique de tous les théâtres de Paris**, depuis leur origine jusqu'à nos jours, par Maximilien Perrin, 1850, in-18. Ensemble 2 vol. in-18 br.

1022. **Histoire de l'Ambigu Comique**, depuis sa création jusqu'à ce jour. *Paris*, 1841. — **Histoire du Théâtre Royal** de l'Opéra-Comique, par Emile Solié. *Paris* 1847. — **Histoire des Bouffes Parisiens**, par *Albert de la Salle. Paris, Librair. Nouvelle*, 1860. — **Histoire des Délassements Comiques**, par deux habitants de l'endroit. *Paris*, 1862. — **Précis de l'Histoire de l'Opéra Comique**, par A. Soubies et Charles Malherbe. 1887. Ensemble 5 ouvrages in-18 et in-24 br.

1023. **Réunion** de 4 vol. ou br. in-8 et in-12, cart. et br.

Une soirée au Gymnase Dramatique par Mme H. Geoffroy. *Paris, Blondeau*, 1857. — Histoire littéraire critique et anecdotique du Théâtre du Palais-Royal, 1784-1884, par Eug. Hugo. *Paris, Ollendorff*, 1886. Monographie des Théâtres de Paris, *Théâtre du Luxembourg*, par V. Poupin. *Paris, Marpon*, s. d. — Le Théâtre de Montmartre par M. Artus.

1024. **Réunion** de 3 vol. et br. in 8 et in-18, **sur les théâtres du Boulevard du Temple.**

Feu le boulevard du Temple Résurrection épistolaire, par Ch. Maurice. *Paris*, 1863. — L'Ancien boulevard du Temple, par Aug. Chalamel. *Paris, s. d.* — Le Boulevard du Crime, par Mario Proth. *Paris*, Balitout, 1872.

1025. **Foyers et Coulisses.** Histoire anecdotique de tous les Théâtres de Paris. *Paris, Tresse*. 1873-1876. 19 br. Portraits photographiques.

Manque le tome 2e de la Comédie Française.

1026. **Histoire du Théâtre Ventadour**, 1829-1879. Opéra-Comique. — Théâtre de la Renaissance. — Théâtre Italien. *Paris. Fischbacher*, 1881. in 8 br.

1027. **Réunion** de 6 vol. in-8 et in-12, cart. et br., **sur les Théâtres de Paris.**

Le Théâtre à Paris par C. Le Senne, 1re et 2e séries, 1888-89. 2 vol. — Le Théâtre à Paris pendant les années 1872-1873 par A. Soubies. *Paris*, 1892. — Histoire anecdotique des Théâtres de Paris, écrite au jour le jour par Jean Raphanel et C. Legrand, 1re année 1896. — Les Théâtres des Boulevards, 1789-1848, par Maurice Albert. *Paris*, 1902 — Les Théâtres de Paris, depuis 1806 jusqu'en 1860, par L. Véron.

1028. **Réunion** de 4 vol. in-8 et in-12, reliés et brochés, **sur les Cafés Concerts.**

Histoire des Cafés-Concerts et des Cafés de Paris par Marc Constantin. *Paris, Renauld*, 1872 — Les Cafés-Concerts, par A. Chadourne *Paris, Dentu*, 1889 — La Vie au Café-Concert Etudes de mœurs, par Ouvrard *Paris, P. Schmidt*, 1894 — Théâtre-Concert l'Eldorado.

970. **Parodies** 115 Parodies du XVIIIe et du XIXe siècle. Format in-12 et in-8 cart. et br. en 3 cart.

POUR PARAITRE PROCHAINEMENT :

Troisième Partie de la

Bibliothèque de M. Louis PÉRICAUD

dont la vente aura lieu les lundi 16 et mardi 17 Décembre 1907
Hôtel DROUOT, Salle n° 7.

Ouvrages sur la Comédie Française. — Sur Molière. — Théâtres de Province. — Théâtres étrangers. — Ouvrages sur la Musique. — La Chanson. — Les Chansonniers. — Sur la Danse et les Ballets. — Théâtre de l'Opéra. — Biographies. — Productions d'Artistes. — Bibliographie.

Ouvrages de Littérature et d'Histoire.

Livres illustrés et en tous genres.

OUVRAGES EN LOTS

www.ingramcontent.com/pod-product-compliance
Ingram Content Group UK Ltd.
Pitfield, Milton Keynes, MK11 3LW, UK
UKHW021644260726
13994UKWH00003B/1270